KB077247

운동장이 없는 학교

2014년 9월 22일 제1판 제1쇄 발행
2015년 9월 21일 제1판 제2쇄 발행

지은이 박영희
펴낸이 강봉구

편집 김윤철
디자인 비단길
표지 그림 남동윤
인쇄제본 (주)아이엠피

펴낸곳 작은숲출판사
등록번호 제406-2013-000081호
주소 413-170 경기도 파주시 신촌로 21-30(신촌동)
서울사무소 100-250 서울시 중구 퇴계로 32길 34
전화 070-4067-8560
팩스 0505-499-8560

홈페이지 http://cafe.daum.net/littlef2010
페이스북 http://www.facebook.com/littlef2010
이메일 littlef2010@daum.net

ISBN 978-89-97581-56-6 43810
값은 뒤표지에 있습니다.

박영희 청소년 소설

운동장이 없는 학교

박영희 글

작은숲

차례

2루를 훔치다 … 7
바그너 박은혀 … 17
증발 … 28
제인 에어 … 38
인실이가 울었다 … 48
3루를 훔치다 … 58
여름 방학 … 70
최후의 심판 … 82
그리고 한 달 후 … 96
면회 … 105
김대수 선생님 … 119
초대를 받다 … 128
모종의 모의 … 139
두더지반 체육대회 … 148
나는 노을 너는 불놀이 … 162
빠삐용 날다 … 175
잠시 흐렸다 맑아진 하루 … 187
방랑자여 방랑자여 … 193
나는 아직 홈을 밟지 못했다 … 205
작가의 말 … 210

2루를 훔치다

편입할 고등공민학교는 관악구청 뒤편에 있었다. 3층짜리 건물 한 채가 덩그마니 서 있는, 그런 학교였다.

교무실에서 만난 담임과 함께 교실로 들어설 때였다. 3학년 1반 교실은 도통 감을 잡을 수 없었다. 키도 층층에다, 2분단 맨 뒷좌석 여학생은 중학교 교실에 고등학생이 앉아 있는 것 같았다.

"오늘 편입한 여러분의 친구다. 아마 재열이는 여러분들에게 큰 자극제가 되어 줄 것이다. 지난해 8월 시행된 검정고시에서 벌써 다섯 과목이나 합격했다."

손에 든 출석부를 교탁에 내려놓은 담임이 나를 소개했다. 순간 교실은 와 — 감탄과 숨죽임으로 뒤섞였다. 담임의 적시

타에 그만 우쭐해진 난 속으로 킬킬거렸다. 역시, 학교는 성적이 최고야!

"반 친구들에게 따로 할 얘기가 있으면 해도 된다."

담임이 나를 내려다보면서 고개를 끄덕였다. 교탁 옆 바닥에 책가방을 내려놓고 나는 마른침을 꿀꺽 삼켰다.

"반갑습니다, 여러분. 이름은 박재열이고, 나이는 열일곱 살입니다. 서울에 온 지는 3년 됐습니다. 낮에는 주유소에서 일하고 있습니다."

이럴 거면 하지 말 걸 그랬나? 이것도 저것도 아닌 것이 꼭 풀다 만 시험지 같았다. 등교 한 시간 전, 주유소 거울 앞에 섰을 때만 해도 얼마나 당당했던가. 그런데 교실로 들어서는 순간 백지장으로 변하고 말았다. 들쭉날쭉한 나이에 층층의 키를 보고 나니, 나이부터 밝히는 게 신상에 좋을 듯싶었다. 더구나 3학년 1반은 남학생보다 여학생 수가 더 많아 나름 긴장한 탓도 있었다.

"너는 공부를 어떻게 한 거니? 검정고시학원 다녔니?"

"시험은 어렵지 않았니? 가장 어려운 과목은 어떤 과목이었어?"

1교시 첫 수업이 끝나갈 무렵이었다. 친구들이 우우 내 주위로 모여들었다. 곧 있을 4월 시험을 앞두고 그들은 검정고시와 관련한 질문을 쉴 새 없이 쏟아 냈다.

"너무 겁먹지 마. 검정고시 별것 아니야."

"그게 정말이니?"

"그렇다니까. 난 학원도 안 다녔는데 뭐."

"와, 너 진짜 머리 좋다! 학교도 모자라 단과 학원을 다니는 애들이 수두룩한데 그걸 혼자서 했단 말이지?"

반투명 베이지색 바탕의 뿔테 안경이 유난히 돋보이는 부반장 송분헌이었다. 담임이 나를 소개한 뒤 찬호와 함께 앉으라며 자리를 정해 주었다.

찬호의 말에 따르면 송분헌은 조금 독특한 이력을 갖고 있었다.

"송분헌이 별명이 뭔 줄 아냐? 잠뽀다, 잠뽀! 등교 시간에 맞춰 일어나는 게 얼마나 힘들었으면 제발로 학교를 자퇴했겠냐."

그래서 그랬을까. 부모님이 동대문 상가에서 신발 가게를 한다는 송분헌은 여학생치고 자존심이 무척 강해 보였다. 남학생 반장이 따로 있는데도 불구하고 자신이 직접 나서 반을 이끌었다.

그리고, 며칠 뒤였다.

막상 편입을 해서 보니 학교도 공장과 크게 달라 보이진 않았다. 종례가 끝나기 무섭게 홈을 향해 질주하는 친구들이 있는가 하면, 투수의 눈을 속여 가며 도루를 감행하는 친구들도 있었다. 나는 도루 쪽에 붙었다. 자신의 아버지를 '꼰대'라고 부르는 찬호 때문이었다.

"학교 선생을 뭐라고 부르냐. 다들 꼰대라고 부르잖아. 그래서 나도 그렇게 부른 거다. 우리 아버지가 고등학교 수학 꼰대거든."

신용길만 제외하면 도루 쪽은 그렇듯 지난 전적들이 제법 화려해 보였다. 일반 중학교에서 잘렸거나, 부반장 송분헌처럼 스스로 자퇴한 전력을 보유하고 있었다.

방과 후 도루들이 삼사일 간격으로 모인다는 아지트는 학교에서 그리 멀지 않은 곳에 있었다. 관악구청 정문에서 쑥고개 방향으로 백여 미터쯤 걸었을까. 소방 도로 오른편에 시멘트 벽돌을 쌓아 둔 공터가 나타났다. 사방이 벽돌로 쌓인 그곳은 자그만 성에 들어온 듯했다. 하늘에서는 총총한 별빛이 팝콘처럼 쏟아져 내렸다.

내 신고식에 살짝 고춧가루를 뿌린 건 다름 아닌 최강희였다. 담임이 나를 소개할 때 중학교 교실에 고등학생이 앉아 있는 줄로 착각했던.

"재열이 너, 선택 잘해야 한다. 괜히 나중에 후회하지 말고."

"그게 무슨 소리야?"

"재열이는 우리와 국번이 다르잖니. 영은이는 042에서 041로, 덕수는 02에서 031을 거쳐 다시 02로……."

"난 또 뭐라고……."

강희의 호들갑에 찬호가 새삼스러울 게 없다는 시선으로 나를 쳐다보았다. 물론 나도 그 정도는 이미 통빡으로 때려 맞춘 뒤였다. 수도권 학교에서 잘리면 친할머니가 사는 경기도로, 거기서도 잘리면 충청도 이모 집으로 기타 등등, 대한민국처럼 끈끈한 혈연의 국가가 또 있을까?

그보다 먼저 나는 도루들 중에서 나이가 가장 많은 강희의 몸이 자꾸만 눈에 거슬렸다. 동복 차림인데도 강희의 가슴과 엉덩이는 다른 친구들과 견줘 눈에 띄게 차이가 났다. 최강희가 영암 월출산이라면 송분헌은 고향의 뒷산을 보는 것 같았다.

그런가 하면 찬호는 눈치가 보통이 아니었다. 방앗간 참새쯤은 저리 가라였다. 분위기가 어째 좀 엉뚱한 방향으로 흘러간다 싶자 그는 핸들을 단숨에 꺾어 버렸다.

"분위기가 이래 가지고 되겠냐. 식구도 여섯에서 일곱으로 한 명 더 늘었는데 완전 바람 빠진 타이어 같잖아!"

"그러게 찬호야. 강희 걘 오늘따라 왜 저런다니."

찬호의 힐난조에 옆에 있던 분헌이가 맞장구를 쳤다.

"분헌이 너, 방금 말 잘했다. 열일곱이나 열아홉이나 십 대는 십 대잖아. 그래 봤자 두 끗 차이고."

"너희들 정말……! 지금 내가 뭐, 나이 많다고 으스대는 것처럼 보이니? 찬호 너도 두 살만 더 먹어 봐라. 그러면 이 누나의 하례와 같은 마음을 곧 헤아리게 될 테니."

"하긴. 중3에 열아홉이면 적은 나이는 아니지. 조선 시대 같았으면 애 젖먹일 나이잖아."

"이게 정말, 보자보자 하니까……."

제풀에 화가 난 강희가 찬호를 째려보며 자신의 오른손을 번쩍 치켜들었다. 헌데 그 폼이 어디서 많이 본 듯했다. 타자와 승부를 하려던 투수가 슬쩍 투수판에서 발을 빼 1루 주자를 가볍게 견제하는, 일순 나는 별빛이 쏟아지는 어둠 속에서 킥킥 웃고 말았다. 나이만 한두 살 많다 뿐, 2군 냄새가 풀풀 났다.

해프닝에 가까운 신고식을 무사히 치른 후 주유소로 돌아갈 때였다. 나와 같은 방향이라며 송분헌이 따라붙었다. 순간 나는 장난기가 발동했다.

"분헌이 너. 잠뽀라며?"

"빠르기도 하셔라. 그게 벌써 네 귀에까지 들어간 거야? 찬호니, 덕수니?"

"둘 다."

나는 망설이지 않았다. 둘 중 하나면 고자질이 될 수도 있지만, 그 둘을 싸잡아 놓으면 상황은 또 달라졌다. 소수라도 둘은 전체로 통하기 마련이다.

"변명하진 않을게. 토끼 체질은 아니니까."

"그럼 부엉이과(科)?"

"응. 맞아. 그래서 야간 학교로 편입한 거고. 일반 중학교는 야간에 다닐 학교가 없잖니."

송분헌과는 입장이 조금 다를 수도 있겠지만 나도 언뜻 그런 걸 느꼈었다. 검정고시 학원에서 구입한 교재로 작년에 첫 시도를 해 본 결과, 혼자서도 얼마든지 가능한 게 공부라는 사실을. 거기에다 중학교 과정 검정고시는 별로 어려운 편도 아니었다.

"그런데 왜 학교를 온 거야? 너 같은 경우라면 굳이 편입할 이유가 없었잖니."

“더 늦기 전에 교복을 한번 입어 보고 싶어서.”

“그 말은 어째 좀 이상한걸. 신빙성도 떨어지고. 교복이라면 고등학교도 있잖니?”

“시간 아깝게 삼 년을 뭐 하러 출퇴근 하냐. 널린 게 지름길인데…….”

“그럼 대입도 검정고시로 하겠다는 소리네.”

“그게 더 효율적이지 않을까? 시간도 앞당길 수 있고.”

“하긴, 그럴 수도 있겠다. 하기 싫은 걸 억지로 하는 것처럼 비생산적인 것도 없을 테니까.”

“야구에서 그걸 뭐라고 하는 줄 아니?”

“글쎄.”

“도루야. 투수의 허점을 노려 잽싸게 훔치는.”

지난해, 검정고시를 준비할 때였다. 공장이 쉬는 날이면 나는 기숙사에 틀어박혀 고교 야구를 시청하곤 했었다. 그런 어느 날이었다. 내 시선을 사로잡은 건 몸에 맞는 공으로 출루한 8번 타자였다. 오직 자신의 두 발로 1루에서 2루를, 2루에서 다시 3루를 훔친 그는 마침내 동료 선수의 적시타로 홈을 밟고 있었다. ‘그래, 바로 저거야!’ 순간 나는 눈이 번쩍 뜨였다. 백넘버 8번을 단 선수처럼 나도 홈런 타자가 아니었던 것이다. 야구장을 찾은 2만여 관중의 환호도 홈런 그 이상이었다.

"야구를 좋아하나 보구나?"

"배울 점이 많은 스포츠인 것 같아서. 특히 도루는 안타나 홈런보다 더 스릴 있고."

야구는 정말 오묘한 맛이 있었다. 결코 단순한 게임이 아니었다. 철저한 작전에 의해 희비가 엇갈리는 스포츠라고 할까. 축구나 배구가 장기판이라면 야구는 바둑판을 연상시켰다. 상대 팀의 다음 수까지 미리 읽어 내야만 하는, 상당히 지능적인 스포츠였다.

"주유소 일은 힘들지 않니?"

"송분헌 너라면 절대 불가능할걸."

"왜, 내가 여자라서?"

"아침 여덟 시 기상도 힘들다면서 새벽 네 시에 일어날 수 있겠어?"

"난 또, 뭐라고……. 헌데 억양이 좀 이상하다."

이제야 머릿속에 전등이 켜진 걸까. 잠만 많은 줄 알았던 송분헌은 촉수도 형편없었다.

"빨리 가자. 열한 시가 다 됐다."

"우리 집까지 바래다줄 거지?"

"무슨, 그런 소리를. 야행성인 너는 내일 점심때까지 잠을 잘 수 있지만 난 새벽 네 시에 일어나야 한단 말이야."

"도루 좋아한다며?"

"그게 도루하고 무슨 상관인데?"

"너도 참, 하나만 알고 둘은 모르는구나. 도루를 잘하려면 다리부터 단련시켜야 하는 것 아니니?"

이런 젠장! 송분헌의 일침에 허를 찔린 나는 뭐라고 대꾸할 말이 없었다. 주유소에서 송분헌의 집까지 거리가 멀지 않아 망정이지 그렇지 않았다면 두고두고 후회할 것 같았다.

검정고시 날짜가 임박해 오자 교과 과목도 1군과 2군으로 분류되었다. 그 이름만으로도 제법 폼이 나는 '영국수사과'는 필수 과목으로, '기도음미국'은 선택 과목으로 밀려났다. 그러나 문제는 교육부가 규정한 연간 정규 수업 일수였다.

4교시 음악 시간을 알리는 수업 종이 울릴 때였다. 이영은 이 반에서 생년월일이 가장 늦은 정호를 보며 너스레를 떨었다.

"귀여운 내 정호야. 시험이 보름밖에 안 남았는데 음악은 왜 한다니."

"그래도 누나, 심수하 선생님과 싸우지 마세요."

"저게 그냥 확!"

"알았어요. 알았으니까 진정하세요."

정호가 뒤에 앉은 영은을 돌아보며 싹싹 비는 시늉을 했다. 그러자 영은도 자리에서 일어나 정호 곁으로 가더니 쪽! 볼에 입맞춤을 해 주었다. 하지만 누구도 이영은의 그 같은 행동을 이상한 눈으로 보는 사람은 없었다. 정호 저 자식이 또 두더지반(야간반) 남자들 쪽팔리게 만든다는 찬호의 볼멘소리 정도였다. 그도 그럴 것이, 정호와 영은의 사이는 연출의 기미가 전혀 보이지 않았다. 외려 둘은 친누나가 귀여운 동생에게 뽀뽀를 하듯 친밀감마저 느껴졌다.

무릇 봄은 봄이었다. 그걸 여실히 증명해 보인 사람은 바로 심수하 선생님이었다. 심수하 선생님이 교실로 들어서자, 우중충했던 교실이 순식간에 바뀌었다. 더욱 대비가 되는 건 시커먼 교복과 연한 그레이 색상의 니트 원피스였다. 교단에 서 있는 선생님의 자태를 바라보는 것만으로도 눈이 부셨다.

"반장, 오늘 결석 있니?"

"아니요, 선생님. 없습니다."

"그럼 수업 시작할까?"

여전히 나는 심수하 선생님의 옷차림에서 눈을 떼지 못한 채였다. 지휘봉을 가볍게 쥔 선생님의 오른손이 오늘따라 더 섹시해 보였다. 피아노를 치는 여자, 그녀의 손가락은 얼마나 매력적인가.

"선생님, 선생님께 잠시 드릴 말씀이 있습니다. 오늘 음악 시간을 자율 학습으로 대신하면 어떨까요. 그리고 이건 우리 반 모두의 의견이기도 합니다."

부반장 송분헌이었다. 의자를 북 끄는 소리와 함께 자리에서 일어난 송분헌이 말을 마치자 심수하 선생님의 안색이 납빛으로 변했다.

"방금 뭐라고 했니. 3학년 1반 전체 의견이라고 했니?"

"네. 선생님."

일말의 거리낌도 없이 송분헌이 대답을 마친 뒤였다. 순간 나는 정체불명의 누군가에게 싸대기를 얻어맞은 것처럼 어안이 벙벙했다. 3교시 수업이 끝날 때까지 여기에 대해 일언반구도 없었던 것이다.

"그러니까 부반장 말은 내 수업을 못 받겠다는 거네?"

"선생님, 그런 뜻이 아니라……."

"보자보자 하니까 너희들 이제 못하는 소리가 없구나. 그래 이 음악 선생이 눈에 보이기나 하는 거니? 필수 과목이 그렇게 중요하면 학원을 다닐 것이지 학교는 왜 오느냔 말이야!"

예상치 못한 선생님의 강공에 송분헌이 죄송하다며 수긍하는 자세로 돌아설 때였다. 일은 더욱 복잡하게 꼬이고 말았다.

“방금 우리더러 학원을 다니라고 하셨습니까? 어떻게 교사 입에서 그런 말이 나올 수 있죠?”

4교시 수업 전부터 예감이 별로 좋지 않았던 이영은이었다. 자리를 박차고 일어난 영은이 심수하 선생님을 잡아먹을 듯이 째려보았다.

“왜? 내가 틀린 말이라도 했니? 너희들 지금 음악은 안중에도 없고, 온통 필수 과목에만 정신이 팔려 있는 게 사실이잖니.”

“그럼 어떡합니까. 시험이 낼모렌데. 일반 중학교는 검정고시를 안 쳐도 고등학교에 진학할 수 있지만 우리들은 다르잖습니까?”

“그래서 방금 내가 알아듣게 말했잖니. 예체능 수업 받기 싫으면 학원을 다니라고. 너희들은 예체능을 하찮게 보는지 모르겠지만 나는 그 반대야. 너희들 정말 수학이나 영어, 과학만 가지고 세상을 살아갈 수 있다고 생각하니?”

“아니요. 그렇지만 시험이 끝나는 8월까지는 그렇게 하고 싶습니다. 우리들의 목표는 검정고시니까요. 그리고 필수 과목과 선택 과목을 따로 분류해 놓은 건 우리들이 아니잖습니까. 잘난 어른들이 그렇게 만들어 놓은 것 아닌가요?”

감정이 북받치는지 영은이 자신의 할 말을 다 마친 뒤 자리에 덥석 주저앉아 버렸다. 심수하 선생도 가만있지 않았다. 봉변을 맞은 듯 선생님의 얼굴빛이 붉으락푸르락 수시로 변했다.

"너, 일어나지 못해? 어디서 건방지게 네 할 말만 하고 자리에 앉는 거야?"

지휘봉을 더욱 강하게 움켜쥔 심수하 선생님이 성큼성큼 영은의 자리로 다가갈 때였다. 이영은을 대신해 자리에서 일어난 사람은 지금의 불씨를 제공한 송분헌이었다.

"선생님 죄송합니다. 저희들을 한 번만 용서해 주십시오. 다시는 이런 일이 생기지 않도록 정말 조심하겠습니다."

"말이 나온 김에 나도 너희들한테 하나만 물어보고 싶구나. 어느 날 갑자기 이 지구상에서 음악과 미술과 문학을 대변하는 문화가 사라진다면 어떤 일이 벌어질 것 같니? 단언컨대 세상은 단 며칠도 못가 황량한 사막으로 변하고 말 것이다."

채 5분도 지나지 않은, 너무 짧은 시간에 너무 많은 일들이 벌어진 탓이었을까. 숨을 제대로 쉴 수가 없었다. 심수하 선생님의 말처럼 지구상에서 갑자기 공기와 물이 사라져 버려 내 몸이 박제가 된 것 같았다.

"수업은 십 분 뒤에 다시 시작하겠다."

이 말을 끝으로 심수하 선생님이 교실을 나간 뒤였다. 찬호를 비롯해 반 친구들이 영은의 자리로 몰려가고 있었다. 하지만 난 동요하고 싶지 않았다. 적어도 오늘만큼은 송분헌의 손도 이영은의 손도 들어줄 수가 없었다. 내 눈에 그 둘은 아무 잘못도 없는 보모에게 앙앙대며 반찬 투정을 하는 것처럼 보였다.

수업이 곧 재개되었지만 한번 흐트러진 교실의 분위기는 좀처럼 되살아날 기미를 보이지 않았다. 선생님이나 우리나 마지못해 얼굴을 맞대고 있는 격이었다.

따분하기로 치면 나 또한 피차일반이었다. 초등학교 졸업 후 4년 만에 음악 수업을 들어서인지 감흥이 일지 않았다. 더구나 오늘처럼 한 음악가에 대해 받아쓰기를 하는 날은 좀이 쑤셨다.

'1813년 독일에서 출생한 박은허는 장대한 악극을 많이 썼으며 특히 그는 독일의 낭만파를 대표하는 대작들을 남겼다. 또한 박은허는 베토벤의 영향을 받았을 뿐만 아니라…….'

책상에 얼굴을 묻은 채 열심히 여기까지 받아썼을 때였다.

갑자기 교실이 텅 빈 것처럼 조용했다.

"박은허? 한심하다, 한심해! 어떻게 된 게 중학교 삼학년이 독일의 작곡가 바, 그, 너를 박은허로 쓴다니!"

심수하 선생님이었다. 선생님이 지휘봉 끝으로 내 음악 노트를 툭툭 치고 있었다. 순간 교실은 웃음바다로 변하고 말았다. 이빨을 옹다문 채 나는 한동안 고개를 들지 못했다.

"숨기지 말고 바른대로 말해야 한다. 독일의 작곡가 바그너를 알고 있니 아니면 정말 모르는 거니?"

"오늘 처음 들었습니다."

"그럼 베토벤은?"

"알고 있습니다."

"좋아. 그럼 베토벤이 작곡한 곡 중에서 네가 알고 있는 세 곡만 말해 볼래?"

"……."

"왜 대답을 못하지?"

"거기까진 모릅니다."

"한 곡도?"

"예."

"이럴 수가! 〈운명〉도 모른단 말이니?"

"…… ."

빌어먹을. 그동안의 승승장구가 이깟 바그너와 베토벤에서 무너지다니……. 나는 선생님보다 깔깔대는 반 친구들이 더 미웠다. 그리고 항변의 기회가 주어진다면 이렇게 말하고 싶었다. 이 모든 것이 초등학교 시절에 담임을 잘못 만났기 때문이라고. 불행하게도 초등학교 5학년 담임은 풍금을 치지 못했다. 사정이 그렇다 보니 음악 시간은 있으나 마나였다. 체육으로 대체하거나 자습을 하는 경우가 많았다. 더 큰 문제는 5학년 때 담임을 연짱으로 6학년 때 또 만났다는 것이다.

"자리에 그냥 앉아라. 너를 보고 있으려니 내 마음까지 슬퍼진다."

나라는 존재가 너무 한심해 보였던 걸까. 심수하 선생님이 두 팔을 축 늘어뜨린 채 한숨을 내쉬었다. 바로 그때였다. 교단 쪽으로 걸어가던 선생님을 찬호가 불러 세웠다.

"선생님 있잖아요, 재열이가 바그너는 잘 몰라도 노래 하난 끝내줍니다."

이 무슨, 자다가 봉창 두드리는 소리란 말인가! 난데없는 찬호의 입방정에 나는 화딱지가 났다. 하지만 그것도 잠시. 한동안 침체되었던 교실이 술렁이면서 생기를 되찾고 있었다.

씨바 오기가 발동한 난 리하르트 바그너로 인해 간장 바가지에 똥바가지까지 뒤집어쓴 터라, 그 수모를 앙갚음하기 위해서라도 가만있을 수가 없었다. 그럼 한 곡 불러 보라는 선생님의 체념 섞인 목소리가 들려오던 찰나 자리에서 일어나 호흡을 가다듬었다. 오늘 같은 날은 선생님과 녀석들의 기를 동시에 꺾어버릴 한 방이 필요했다.

If you're going to San Francisco

당신이 만일 샌프란시스코에 가신다면

Be sure to wear some flowers in you hair

반드시 머리에 꽃을 꽂으세요

If you're going to San Francisco

당신이 만일 샌프란시스코에 가신다면

You're gonna meet some gentle people there

그곳에서 온유한 사람들을 만날 거예요

For those who come to San Francisco

샌프란시스코에 온 사람들을 위해

Summertime will be a love-in there

여름엔 그곳에서 사랑의 집회가 열린답니다

그러면 그렇지. 내 예상은 그대로 적중했다. 1967년 전파를 타는 순간, 미국 전역에 커다란 반향을 일으킨 스코트 멕켄지의 〈San Francisco〉를 열창하고 나자, 제일 먼저 반응을 보인 사람은 바로 심수하 선생님이었다. 불에 손을 덴 사람처럼 선생님은 뜨악한 표정을 감추지 못했다.

"너 정말 신기하다. 어떻게 악보도 볼 줄 모른다면서 팝송을 그렇게나 잘 부르니. 그것도 완벽하게 말이야. 혹시 샌프란시스코 말고 또 아는 노래 있니?"

"네."

"그래? 몇 곡이나?"

"삼십 곡쯤……."

"서른 곡이나? 대체 넌 팝을 어디서 배운 거니?"

"가방 공장에서 일할 때요."

"가방 공장에서?"

"그게 그러니까…… 라디오를 켜 놓고 일하기 때문에 금방 따라 배울 수 있습니다."

"아무튼 놀랍다. 그리고 오늘 선생님의 우울했던 마음을 말끔히 씻어 주어 정말 고맙다."

아, 역전의 9회 말이라니! 막판 뒤집기를 통해 졸지에 스타로 부상한 나는 금방이라도 심장이 터질 것만 같았다. 거기에다 보너스로 여학생들이 일제히 나만 쳐다보고 있어 하늘엔 영광이요 땅에는 축복이 아닐 수 없었다. 이유야 어찌됐든 간에 쌍방울의 자존심만큼은 확실히 지켜 내지 않았는가.

증발

검정고시 결과가 발표되자 두더지반은 초상집으로 변했다.

42명이 응시한 이번 시험에서 전과목 합격자는 모두 8명. 방금 담임으로부터 합격 증서를 받아든 나는 조용히 숨을 죽였다. 기뻐도 기쁘다고 말할 수 없는, 지금이 바로 그런 분위기였다.

"다음은 어인실."

담임의 호명에 어인실이 상기된 표정으로 걸어 나오고 있었다. 무엇보다 반가운 건 내 옆에 누군가가 서 있다는 것이다. 교단으로 불려 나왔을 때만 해도 나는 내 자리로 속히 돌아가고 싶었다. 아무리 기쁜 자리라도 혼자 서 있는 건 왠지 어색했다.

서혜지에 이어 최효진까지 호명한 뒤였다. 합격 증서 수여를 다 마친 담임이 비로소 말문을 열었다.

"1차 시험 결과가 썩 좋은 편은 아니다. 그렇지만 난 여러분을 믿을 것이고, 2차 시험이 치러질 여름을 기다릴 것이다. 벌써 5월 중순이니까 8월도 얼마 남지 않았다. 다들 긴장 풀지 말고, 앞으로 남은 기간 동안도 최선을 다해 주길 바란다. 그리고 1차 시험에서 좋은 성적을 낸 친구들에게도 힘찬 박수를 부탁한다."

상장이 아닌 5월 졸업장. 3년 전, 꼭 이맘때였다. 상경하던 날 아버지는 반드시 기술을 배워야 한다며 신신당부했지만 나는 한 귀로 듣고 한 귀로 흘려 버렸다. 한마을에서 나고 자란 여섯 명의 친구 중에서 중학교에 진학하지 못한 사람은 나뿐. 그때 알았다. '소외'라는 단어가 얼마나 치욕적인 상처이고 분노인가를! 이마에 손등을 얹고 자다 할머니한테 야단도 많이 맞았었다. 어린것이 벌써부터 이마에 손을 얹고 잔다며.

라일락꽃 향기가 코끝을 자극하는 봄밤. 하지만 우리의 아지트는 쌩쌩 찬바람이 불었다. 강희는 1차 시험에서 겨우 두 과목밖에 건지지 못했다며 아예 자포자기 상태였다.

"쪽팔려서 이거 학교 다니겠냐. 반에서 나이는 젤 많이 처먹은 게 이 모양 이 꼴이니……. 학교 때려 치고 돈이나 벌까?"

그러나 강희의 말에 아무도 대꾸하는 사람이 없었다. 용길이도 덕수도 뻑뻑 담배만 피워 댈 뿐이었다.

답답했던지 강희가 다시 입을 열었다.

“재열아. 공장에서 일하면 월급은 얼마나 주니? 기술도 가르쳐 주니?”

하필 이런 분위기에서 나를 지목할 게 뭐람! 갑자기 늙어 버린 강희의 목소리에 나는 가슴이 뜨끔했다. 오히려 이런 자리에서는 합격자가 더 불편한 법이었다.

“일을 잘하든 못하든 기본 월급은 나온다. 작업 시간은 오야지 맘이고. 보통은 아침 여덟 시 반에 시작해 저녁 여덟 시에 끝나지만, 잔업이 길어지면 열한 시까지 할 때도 있다. 그리고 기술은 공장장한테 잘 보여야 한다. 나는 미싱 시다만 삼 년을 했는데, 재단사 몰래 재단 칼 들고 설치다 맞아 죽는 줄 알았다.”

“그 정도야? 뻥치는 거 아니지?”

정말 몰라서 묻는 걸까 아니면 지레 겁을 먹은 것일까. 달빛 사이로 드러나는 강희의 싸늘한 표정을 지켜보면서 나는 차라리 잘되었다는 생각이 들었다. 이제 더는 나한테 물어 오지 않을 것 같아서였다.

무슨 연쇄 작용처럼 이번에는 덕수가 한숨을 내쉬었다.

“나도 답답해 미치겠다. 네 과목 합격이면 뭐하냐. 수학하고 영어가 나가린데……."

"너만 그런 거 아니다? 나는 과학까지 나가리다, 인마."

덕수의 한숨에 찬호가 맞대응을 하고 나서자 한숨은 수렁처럼 더 깊어지고 말았다. 술이 술을 부르듯 한숨이 한숨을 불러오고 있었다.

"집에 들어가 이실직고할 생각을 하니 눈앞이 캄캄하다. 보나마나 꼰대는 엄마를 닦달할 것이고, 일이 그렇게 되면 또……. 아무래도 이번에는 전쟁이 좆나 오래 갈 것 같다. 우리 집 꼰대 자크만 열었다 하면 엄마와 사네 못 사네 생난리를 치는데, 세 과목 합격이 뭐냐. 아무튼 수학하고 영어는 내 인생에 도움이 안 되는 종목이다. 이놈의 수학과 영어 땜에 집구석이 하루도 편할 날이 없잖아."

아닌 게 아니라, 저녁 아홉 시를 넘어선 아지트는 수학과 영어가 도마에 오르면서 일대 성토장으로 변했다. 찬호와 강희는 겨울 방학 때 과외까지 받았다며 울먹였고, 출생 신분이 좀 독특한(아버지는 스님에 어머니는 보살님) 덕수는 영수귀신을 없애 달라는 백일염불이라도 시작해야겠다며 핏대를 높였다. 헌데 그때 강희가 난처한 제안을 하고 나섰다.

"여기서 이러지 말고 장소를 옮기는 게 어떻겠니? 지금 이 상태로는 도저히 집에 들어갈 자신이 없다."

"그러자, 뭐! 어차피 깨질 것 왕창 깨지는 게 더 낫지 않겠냐."

덕수였다. 피우던 담배를 허공을 향해 내던진 덕수가 강희의 손을 치켜세우자, 나머지 친구들도 친구 따라 강남 가는 식이었다.

일이 터진 건 다음날 오후였다. 조회를 하러 들어온 담임은 덕수와 강희의 행방부터 물었다.

"어제 혹시 덕수와 강희랑 함께 있었던 사람 없나?"

다급한 목소리만큼이나 담임은 내심 뭔가를 기대하는 눈치였다. 하지만 도루들 중 누구도 입을 여는 사람이 없었다. 나 또한 사정은 마찬가지였다. 새벽 일찍 주유를 해야 해서 용길이와 밤 열 시경 떡볶이집을 나왔던 것이다.

"혹시라도 여러분들 중에 두 사람의 행방을 아는 사람이 있으면 교무실로 즉시 와 주길 바란다. 급한 일이니 아무 때라도 상관없다."

반장의 차렷 구령에 인사마저 받는 둥 마는 둥 담임이 서둘러 교실을 나간 뒤였다. 그제야 도루들이 분주히 송분헌의 자리로 모여들었다. 허나 그뿐. 떡볶이집 이후의 행방에 대해 아는 사람이 아무도 없었다.

"어제 그 둘, 수상한 낌새는 없었고?"

"집에 들어가고 싶지 않다는 것 말고는 별로."

"강희는 영은이 너하고 같은 방향이잖아?"

"아니야. 어제는 따로따로 갔어. 강희가 자기네 엄마한테 들렀다 간다고 해서……."

"그럼 덕수는?"

"막차 타야 한다면서 허겁지겁 뛰어갔는데……."

"강희랑 둘이 나간 건 아니고?"

"그건 아니야. 헤어질 때까지 강희는 나하고 있었거든. 덕수는 그 전에 사라졌고."

참으로 귀신이 곡할 노릇이었다. 그렇다면 어째서 혼자가 아닌 쌍으로 결석을 했단 말인가?

여기에 대한 의문이 조금씩 풀리기 시작한 건 송분헌이 교무실을 다녀온 뒤였다.

"선생님이 그러시는데, 어제 둘 다 집에 안 들어간 모양이야. 선생님도 오전에 학교로 걸려온 전화 받고 알았대."

"그게 사실이야?"

믿기지 않는다는 듯 찬호가 송분헌을 뚫어져라 쳐다보았다.

"그럼 답 나왔네. 덕수하고 강희, 증발이야. 증발!"

두 사람의 결석이 간밤 동시 증발로 결론이 나자 나는 실소를 금치 못했다. 증발, 이보다 멋지고 이보다 찰나적인 단어가 세상에 또 있을까? 신길동 가방 공장에서 일할 때 순구 형이 그랬었다. 4번 타자가 만루 홈런을 쳤을 때보다 가슴이 더 시원했다. 비밀리에 진행되던 '사내 연애'가 들통날 기미를 보이자 순구 형도 다음날 새벽 정애 누나와 함께 바람처럼 증발했던 것이다.

덕수와 강희의 소식이 좀더 자세히 접수된 건 그로부터 사흘 뒤였다. 오전에 강희한테서 전화가 걸려 왔다며 영은이의 목소리가 한층 들떠 있었다.

"두 사람 지금 어디에 있는 줄 아니? 글쎄 이것들이 겁대가리도 없이 여수로 튄 거 있지. 그날 서울에서 같이 보낸 뒤 여수로 날랐다더라."

마치 특종이라도 잡은 듯이 영은이가 두 사람의 최종 행선지를 막 전한 뒤였다. 내 그럴 줄 알았다며 찬호가 강희를 끄집어들였다.

"그쪽 방면이라면 강희도 한가락 하잖냐. 가출 경력도 만만

잖고.”

“촌스럽기는. 넌 아직도 가출이라는 단어를 쓰니. 그보다 훨씬 세련미 넘치는 출가라는 단어도 있잖니.”

“쏘리쏘리. 내가 아직 그쪽 방면으로는 경력이 달려서…….”

“근데 좀 이상하지 않니. 두 사람이 동시에 출가를 했는데도 학교가 너무 조용하잖아.”

“그럼 어쩌라고. 경찰들이라도 풀어 잡아 올까? 그리고 뭐, 가출이 별거냐. 공부하다 답답하면 머리도 식힐 겸 잠깐 바람도 쏘이고 그러는 거지. 까놓고 말해 서로 좋아서 사고치지 나이로 사고치든.”

아쉽지만, 강희와 덕수의 증발로 부풀었던 어느 5월의 이야기는 여기까지였다. 02에서 061로 사건이 일단락되자, 서울특별시 봉천동에서 전라남도 여수까지의 거리가 엄청시리 멀게 느껴졌다.

일을 마칠 즈음 주유소로 신용길이 찾아왔다. 용길이는 국민은행 봉천지점 앞에서 구청과 은행, 몇몇 사무실 직원들을 상대로 월급 형식의 구두를 닦고 있었다. 그런데 오늘은 그의 표정이 먼젓번 찾아왔을 때와 사뭇 달라 보였다.

"일할 시간에 웬 일이냐?"

"너한테 뭐 좀 물어보려고. 혹시 송분헌한테서 이상한 낌새 못 느꼈냐?"

"아니. 어제도 집까지 바래다줬는데 별말 없던걸."

때가 때인지라 나도 신경이 곤두섰다. 1차 검정고시 발표에 따른 후유증에 가출까지, 요즘 교실 돌아가는 분위기가 여간 어수선한 게 아니었다.

"그렇다면 다행이지만, 찬호와 송분헌 사이에 재열이 네가 끼어 있는 것 같아서……."

"내가? 내가 왜?"

별 생각 없이 이야기를 주고받던 나는 용길이를 주유소 마당 구석으로 끌고 갔다. 그 둘 사이에 왜 내가 끼어 있는지 영문을 알 수 없었다.

"분헌이한테서 별 낌새를 못 느꼈다면 다행이지만, 찬호 생각은 다른 것 같더라. 재열이 네가 편입한 뒤로 분헌이가 자신한테서 선을 긋는다고 생각한 모양이야."

"뭐야?"

"아무튼 현재 상황은 그렇다."

점심시간을 이용해 일부러 찾아왔다는 용길이를 돌려보낸

뒤였다. 기분이 썩 좋지는 않았다. 편입 후 자주 만나는 사람이라고 해야 용길이가 전부였던 것이다. 일하는 곳이 서로 가깝다는 이유도 있었지만, 도루들 중에서 주간에 일을 하는 친구는 용길이와 나 둘뿐이었다.

설령 용길에게 듣지 못했더라도 짝꿍인 찬호의 마음을 힘들게 할 생각은 추호도 없었다. 그런 일이라면 공장에서 수없이 봐왔다 할까. 한 여공을 사이에 두고 두 고참 동료가 치고받고 싸우는 걸. 하지만 그 결과는 생각보다 참담했다. 피를 보는 건 늘 여공이었던 것이다. 공장에서 본 연애라는 것이 대개 그랬었다. 사장이나 공장장 귀에 들어가면 여공들은 이유를 불문하고 공장을 떠나야만 했다. 해서 나도 수업을 마치면 주유소로 곧장 직행했다. 당분간은 도루들과 그렇게 지내고 싶었다.

제인 에어

공장에 비하면 주유소 일은 누워서 떡먹기였다. 하루 일과가 파트타임으로 이뤄져 있는 것이 가장 좋았다. 언제 끝날지 모를 잔업에서 드디어 해방이 된 것이다. 나는 새벽 4시에 기상해 낮 12시까지, 하루 여덟 시간씩 일했다.

주유소에서 흔히 하는 말로 '물총 쏘기'는 은근히 재밌었다. 물총을 쏙 빼닮은 주유기 끝을 차량 기름통 구멍에 꽂은 다음, 발사를 반복하다 보면 히히 웃음도 나고 불끈 힘도 솟구쳤다. '꽂아!'와 '발사!'를 연달아 외쳐 줘야 고철 덩어리에 불과한 차들이 부르릉 불꽃을 일으키면서 힘차게 탄력을 받기 때문이다.

주유소 동료인 기대 형은 조금 심오한 이야기도 했었다. 오일은 사막에서 퍼 올린 신의 피라나. 또 그 피를 받아먹어야 세상이 뜨겁게 달궈진다나. 그러고 보면 노동에서 비롯되는 인간의 보람은 별것 아닌지도 몰랐다. 나 역시도 새벽 네 시부터 정오까지 수많은 차들에게 밥을 먹이면서 작은 보람을 느끼곤 했던 것이다.

주유소에서 학교까지의 거리는 삼백 미터 남짓. 나는 늘 수업 시작 40분 전인, 오후 4시 20분경에 주유소를 나섰다. 하루 중에서 지금처럼 기쁘고 가슴 설레는 순간이 또 있으랴! 어떤 날은 주유소에서 학교까지의 거리가 조금만 더 멀었으면 좋겠다는 생각을 한 적도 있었다. 교복을 입고 있으면 언제 어디서라도 나만의 질서가 갖춰졌다 할까. 특히 거울 앞에 서서 모자를 착용할 때면 정림사지 5층 석탑처럼 제대로 각이 잡혔다.

그런데 오늘은 선수를 놓치고 말았다. 나보다 먼저 어인실이 교실에 도착해 있었다. 그만 나는 김이 팍 새 버렸다. 도루를 감행하려던 찰나 투수로부터 견제를 당한 기분이었다.

"쫌만 더 늦게 오지. 너 때문에 그동안의 내 기록이 다 깨져 버렸잖아."

"그게 무슨 소리야?"

"모르면 됐어."

"싱겁기는. 그런다고 내가 뭐 모를 줄 아니. 등교 시간 때문에 그러는 거 아냐?"

이런 제길. 공부만 잘하는 줄 알았더니 못된 시어미처럼 눈치도 빨랐다. 하여간 어인실은 마음에 들었다 안 들었다, 도무지 그 속내를 알 수 없었다.

"혹 이런 말 들어봤니. 트집을 잡으려면 먼저 얼거리부터 제대로 준비하라는. 물고기만 잘 잡는다고 해서 유망한 어부가 되는 건 아니잖니. 물고기를 담을 다래끼에 구멍이 숭숭 뚫려 있다면 제아무리 유망한 어부라도 괜한 헛수고를 한 것 아닐까?"

어렵쇼! 갈수록 태산이요 갈수록 가관이었다. 그렇다고 섣불리 대들 수도 없었다. 책장을 넘기면 넘길수록 난감함만 더해지는 취약 과목처럼 어인실이 딱 그 과였다. 얼거리? 유망? 다래끼? 필시 어인실은 반에 하나뿐인 그의 독특한 성(姓)만큼이나 나와는 또 다른 세계에 살고 있음이 분명했다.

그러나 문제는 그날 이후부터 둘만의 시간이 잦아지고 있다는 점이다. 생각 끝에 내 쪽에서 먼저 등교 시간을 늦춰 보려고 했지만 그게 또 마음처럼 잘 되지 않았다. 주유소 기숙사보다 학교가 더 편하고 좋은 걸 난들 어쩌란 말인가.

예전보다 십 분 앞당겨 주유소를 나설 때였다. 내 뒤를 이어 주유를 하는 기대 형이 잠투정하듯 고개를 갸웃거렸다.

"너 요즘 별나게 수상하다. 학교에다 풍선껌이라도 붙여 놨냐? 등교 시간이 갈수록 점점 빨라지고 있잖아."

"나는 그러는 형이 더 이상한걸. 형은 지금 대한민국에서 최고로 선량한 학생을 불량배 취급하고 있잖아."

"아니야. 정말 수상해. 빨라도 너무 빠르단 말이지."

귀찮게시리 기대 형의 잔소리는 끝이 없었다. 마치 자신이 형사 콜롬보라도 되는 양 계속해 물고 늘어졌다. 사무실 입구에 걸린 벽시계를 확인한 나는 부리나케 주유소를 빠져나왔다. 다행히 오늘은 교실이 텅 빈 채였다.

"어! 오늘은 내가 한발 늦었네."

어인실이 모습을 드러낸 건 청소를 다 마친 주간부 학생들이 교정을 빠져나간 뒤였다. 규칙상 주간부 학생들은 오후 4시 30분까지만 학교에 머물 수 있었다.

"내가 말했잖아. 첫 빠따 등교가 내 목표라고."

"다 좋은데 재열아, 빠따라는 말은 좀 그렇지 않니. 귀에 약간 거슬리기도 하고."

또 시작인가. 어인실과 같이 있으면 이렇듯 교과서 틀에서 좀처럼 벗어날 수가 없었다. 그 목차가 너무 견고한 나머지 숨이 막힐 지경이었다. 하여 어인실 앞에서는 되도록 비속어를 사용하지 않는 게 좋았다.

"넌 벌써 대입검정고시 준비를 하는 것 같던데?"

"이제 막 시작했을 뿐이야."

2주 전이었다. 중학교 과정 검정고시를 합격한 다음날 나는 서울역 건너편에 있는 검정고시 학원을 다녀왔었다. 중학교 과정을 그 학원 교재로 마쳤으니 고등학교 과정도 그럴 참이었다.

"혼자서 할 만해?"

"아직은 잘 모르겠어. 고입 때와 비교했을 때 수학이 엄청 어려워진 것 같기도 하고."

"재열이 너랑 공부하는 방식이 달라서 그런가. 1차 시험에서 합격은 했지만 마음에 드는 건 아니야. 생각보다 점수도 만족스럽지 못했고."

어인실에게도 저런 면이 있었던가. 왠지 스스로를 자책하는 모습이 싫지는 않았다. 그만큼 어인실은 자기중심이 워낙 강해 선뜻 다가서기 힘든 여학생이었다.

"나도 한 가지 물어보고 싶은 게 있는데. 어떻게 하면 너처럼 말을 잘할 수 있나 해서. 솔직히 넌 반 애들과 급이 좀 다르잖니."

"뚱딴지같기는. 재열이 너야 말로 자신의 핸디캡을 극복할

충분한 무기를 가지고 있던걸. 지난번 음악 시간 때 나, 얼마나 놀랐는데. 그런 게 너만의 장점 아닐까?"

"나는 그런 뜻에서 물은 게 아니었는데……."

그건 진심이었다. 내가 어인실에게 배우고 싶은 건 바로 언어였다. 어인실의 말본새는 반 친구들과 분명 다른 모양을 하고 있었다.

"혹시 너, 책 좀 읽니?"

"아니. 국어 공부하기도 바쁜데 책 읽을 시간이 어딨냐."

"그건 그렇지만, 읽어서 나쁠 것도 없잖아. 또 아니. 책을 읽는 가운데 국어보다 훨씬 더 유익한 것들을 얻을 수 있을지도. 나는 그럴 거라고 생각해."

이게 무슨 소린가? 이럴 때 나는 뒤통수가 몹시 가려웠다. 그 말이 그 말 같은데도 곰곰이 씹어 보면 맛이 좀 달랐다. 인절미처럼 감칠맛이 났다. 그리고 이것은 어인실한테서만 느낄 수 있는 특별한 맛이기도 했다.

수업 시간이 가까워 오자 교실은 곧 장터로 돌변했다. 한 우물의 것인데도 그렇듯 먹는 입과 말하는 입은 천지 차이였다. 어인실과 둘이서만 있을 때는 잘 몰랐으나, 그 수가 다섯을 넘어선 뒤로는 왁자지껄 사람의 입이 참 무섭다는 생각이

들었다. 사람들의 입에 의해 교실이 금방이라도 내려앉을 것 처럼 보였다.

오늘도 나는 어김없이 제시간에 맞춰 등교를 했다. 주간부 학생들이 빠져나간 교정은 썰물처럼 고요했다.

"이제 오니?"

"오늘도 내가 한발 늦었네."

"아니야. 나도 방금 왔어."

어제는 내가 먼저, 그리고 오늘은 어인실이 먼저. 나와 어인실의 등교는 이처럼 한발 빠르거나 한발 늦는 정도였다. 그사이 변화가 하나 생겼다면 서로 할 얘기가 많아졌다는 점이다. 검정고시 합격자라는 공통분모 때문인지 바짝 친해진 것도 사실이었다.

"잠깐만 재열아! 너한테 줄 게 있어."

어인실의 자리에 들러 서로 인사를 나눈 뒤, 내 자리로 돌아가려던 참이었다. 어인실이 책가방에서 책을 한 권 꺼내 내밀었다.

"제인 에어? 비행기 이야기야?"

"……."

그런데 무슨 일일까. 금방까지 웃고 있던 어인실이 갑작스레 입을 다물어 버렸다.

"왜 말이 없는데? 방금 내가 물었잖아."

"그게 아니라 재열아…… 내가 좀 혼란스러워서."

답답하긴 나도 마찬가지였다. 책의 표지를 살폈지만 비행기는커녕 잠자리 새끼 한 마리 보이지 않았다. 뿐만 아니라 《제인 에어》는 두께가 너무 두껍다는 것도 내 눈살을 찌푸리게 만들었다.

"책 표지가 그렇잖아. 제목은 제인 에언데 비행기는 한 대도 없고……."

입은 비뚤어졌어도 말은 바로 하라고, 내 입장에서 보면 틀린 말도 아니었다. 《제인 에어》의 앞표지는 머리에 스카프를 두른 이국의 소녀가 슬픈 표정을 한 채 명함판 크기로 담겨 있고, 뒤표지는 흰 꽃과 산, 구름을 담은 사진이 우표처럼 붙어 있었다.

"미안한데 재열아, 그 책 나한테 다시 돌려주면 안 될까?"

"……!"

앞뒤 설명 한마디 없이, 책을 다시 돌려달라는 어인실의 말에 나는 당혹스러움을 감추지 못했다. 이럴 때는 다음 동작을 어찌 취해야 좋을지 그마저도 잘 떠오르지 않았다.

"미안해. 빌려 줬다 다시 뺏어서."

어인실이, 서 있는 나를 보며 기어이 손을 내밀었다. 순간 나는 덫을 밟은 한 마리 짐승마냥 자존심이 상하기도 하고 울컥 화가 치밀었다.

"줄 테니까 하나만 물어보자. 책을 돌려달라는 이유가 뭔데?"

"그건 지금 말할 수 없어."

"너 혹시, 비행기 땜에 그런 거야?"

"……."

묻는 말에 백안시하는 것도 한두 번, 어인실이 계속해 입을 다물어 버리자 나는 더 이상 참을 수가 없었다.

"야, 어인실! 너만 자존심 있냐? 나는 뭐, 밸도 없는 놈인 줄 아냐고? 그러니까 어서 말해. 말꼬리 돌리지 말고. 이 책을 돌려달라는 진짜 이유가 뭐야?"

"좋아. 정 듣고 싶다면 말해 줄게. 그 책을 읽을 적임자로 적합하지 않은 것 같아서……."

"뭐, 적임자? 그러니까 니 말은 이 책과 나는 구색이 안 맞다 이거네?"

"그래 맞아!"

어인실이 눈을 부릅뜬 채 당돌하게 나를 째려보았다. 순간 천둥번개처럼 내 머릿속을 파고든 건 기억조차 싫은 소외였다. 이까짓 책 한 권 때문에 이런 수모를 당하다니……! 도저히 용서할 수 없었다.

"너를 지금 이 자리에서 자근자근 밟아 주고 싶지만 꾹 참는다. 왜 그런 줄 알아? 어인실 너도 교수 집에서 식모 살잖아!"

손에 쥔 책을 바닥에 힘껏 팽개친 나는 교실을 뛰쳐나왔다. 그토록 원했던 교복도 입어 봤겠다, 여기서 학교를 그만둔다 해도 미련 따윈 없었다. 어차피 공부란 혼자서 싸우는 외로운 전투가 아니던가.

인실이가 울었다

허정허정 주유소로 돌아오자 용길이가 기다리고 있었다.

녀석과 눈 맞추는 게 거북살스러웠던 난 피곤함을 뒤로 감춘 채 목소리를 한 옥타브 더 높였다.

"용길아? 우리 라면 끓여 먹자. 아까부터 배꼽시계가 아우성을 친다."

사실은 배가 고프기도 했었다. 어인실과 그 일이 있은 후, 무작정 교실을 뛰쳐나와 여기저기 배회하고 다녔던 것이다. 오늘따라 부르는 노래들마저 헛돌았다. 로보의 〈Stoney〉도 톰 존스의 〈Delilah〉도 김추자의 〈늦기 전에〉도 슬픈 그림자만 드리울 뿐이었다.

기숙사 주방으로 들어간 나는 가스레인지에 라면 물부터 올렸다.

“학교에 왔었다면서 어디로 사라진 거냐. 수업이 끝나갈 쯤 어인실이가 오더니 네 가방을 부탁하더라. 둘이 무슨 일 있었냐?”

“그런 거 없다.”

“시치미 떼기는. 어인실이 불러다 옆에 세우면 참 볼만하겠다. 학교에서 본 어인실과 지금의 니 표정이 얼마나 우스운 줄 아냐? 속일 걸 속여야지 그딴 걸 속이냐 인마.”

신용길의 입에서 계속해 어인실의 이름이 거론되자 나는 학교에 책가방을 두고 온 걸 후회했다. 용길은 그처럼 그동안 내가 만나본 또래들 중에서 상대를 꿰뚫어 볼 줄 아는, 보기 드문 친구였다. 녀석과 둘이서 목욕탕에 간 날이었다. 군살 한 점 없는 그의 몸을 보는 순간 나는 탄성을 지르고 말았다. 팔 굽혀 펴기와 윗몸 일으키기로 단련된 용길의 몸은 소림사에서 무예를 연마하는 날렵한 스님을 연상시켰다.

“어인실과 무슨 일이 있었는지는 잘 모르겠지만, 그렇다고 학교까지 그만둘 필요는 없잖아? 너답지 않아서 그런다, 인마.”

“이제 할 것 다 해 봤잖아. 검정고시도 끝났고.”

뱉어 놓고 보니 해명이 좀 궁색해 보이긴 했다. 그렇지만 마음에 전혀 없는 이야기를 한 것도 아니었다. 편입하고, 한 달여

쯤 지났을까. 두더지, 따라지, 똥통, 찌라시…… 고등공민학교는 이처럼 혹처럼 따라붙는 수식어가 의외로 많았다. 반 친구들만 보더라도 자부심은커녕 뒤로 숨기에 바빴다. 나도 며칠 전 등굣길에서 마주친 행인이 다니는 학교를 물어와 얼버무린 적이 있었는데, 편입 후 나타난 현상들이었다.

"너도 감잡았겠지만 요즘 우리 반 돌아가는 분위기가 좀 어수선하잖냐. 쉬는 시간에 담임이 불러서 갔더니 한숨만 푹푹 내쉬더라."

"미안하다, 용길아."

"잔말 말고 내일 학교에서 보자."

이 말을 남기고 용길이 집으로 돌아간 뒤였다. 잠을 자려고 눕자 어인실의 도도한 표정이 되살아났다. 아직도 내 안에 풀리지 않은 분이 남아 있는 모양이었다. 자리에서 벌떡 일어난 나는 세면장으로 달려가 수도꼭지부터 틀었다. 머릿속이 복잡할 때는 한겨울에도 찬물을 뒤집어쓰는 버릇이 있었다.

자명종 소리에 눈을 뜬 나는 주유소 불부터 밝혔다.

지난 3월, 주유소 일을 처음 시작할 때였다. 며칠간은 나도 '북청 물장수'처럼 새벽이 주는 감상에 젖곤 했었다. 하지만 그

뭉클함도 오래가진 못했다. 새벽을 깨운다는 감동도 잠시, 거머리처럼 달라붙는 졸음과 싸워야 했던 것이다. 며칠 전에도 사무실에서 졸다 들켜 사장한테 욕을 바가지로 얻어먹었는데, 그처럼 새벽 4시부터 미명이 걷히는 아침 6시까지의 두 시간은 하루 중에서 가장 힘든 시간이었다.

승용차 한 대가 라이트를 켠 채 주유소로 들어오고 있었다. 사무실 의자에 앉아 바깥 동태를 살피던 나는 밖으로 뛰어나가 넙죽 허리부터 굽혔다.

"어서 옵쇼! 얼마나 넣어드릴까요?"

"20만 넣어라."

"예. 사장님!"

이럴 때 옆에 기대 형이 있었다면 어떤 반응을 보였을까. 마수걸이로 이십이 뭐냐며 비웃지 않았을까? 주유기를 꽂아 30리터 이상을 발사하지 못하면 기대 형은 차량 뒤꽁무니에 대고 주먹감자를 먹였던 것이다.

점심 무렵에 기대 형과 교대를 한 나는 곧 잠에 빠져들었다. 신길동 가방 공장에서 이곳 봉천주유소로 옮겨 왔을 때, 적응하기 가장 어려웠던 부분은 바로 수면 시간이었다. 야간에 학교를 다니려면 오후 1시부터 3시 반까지, 그리고 저녁 11시 반부터 다음날 새벽 4시까지 두 차례로 나눠서 잠을 자야 했다.

"재열아? 벌떡 일어나 봐라. 밖에 어떤 여학생이 찾아왔다."

기대 형 목소리였다. 기숙사로 뛰어 들어온 형은 불이라도 난 것처럼 호들갑을 떨었다.

"지금 몇 신데 형?"

"네 시다."

순간 잠이 확 달아난 건 기대 형이 몰고 들어온 휘발성 때문이었다. 기대 형 작업복에서 풍기는 기름 냄새가 코끝을 자극하자 거짓말처럼 정신이 맑아졌다. 주유소 일을 오래하다 보면 비염에 걸릴 확률이 높다더니 틀린 말은 아닌 모양이었다.

샌들을 끌며 비척비척 밖으로 걸어 나가자 사무실 입구에 어인실이 서 있었다. 나는 두두둑 손가락을 꺾었다. 어젯밤 잠을 설친 걸 생각하면 꼴도 보기 싫었다.

"여긴 왜 왔는데?"

"재열아……."

"내 이름 함부로 부르지 말랬지."

"알았어. 알았으니까 잠깐만 시간을 내줘. 부탁이야. 삼십 분이면 돼."

하필이면 어인실이 서 있는 곳이 사무실 입구여서 나 또한 빨리 장소를 옮기고 싶었다. 주유를 하러 온 운전자들이 우리 두 사람을 창경원 원숭이 보듯 쳐다보고 있었다.

“정말 삼십 분이면 돼?”

“응.”

어인실의 대답이 떨어지자 나는 서둘러 앞장을 섰다. 주유소 뒤편으로 돌아가면 허름한 벤치가 하나 있는데 주유원들이 주로 사용하는 흡연 장소였다.

“할 말이 뭔데?”

어인실을 벤치에 앉힌 나는 삐뚜름히 선 채 찾아온 용건부터 물었다.

“먼저 미안해. 어제 내가 한 말로 상처를 입었다면 진심으로 사과할게.”

“그 말 하려고 여기까지 온 거야?”

“재열아, 제발……. 네가 학교를 안 나오면 나도 다닐 수 없어. 나 때문에 이렇게 된 거잖아. 그리고 어제 네가 한 말 다 맞아. 네 말처럼 나, 잘살지도 잘나지도 못했어. 가난한 집에서 태어나 아빠 얼굴도 모른 채…….”

말끝을 흐린 어인실이 눈물을 글썽이고 있었다. 질질 짜는 게 보기 싫은 나는 시선을 허공으로 돌려 버렸다. 물론 나라고 해서 켕기는 구석이 전혀 없는 건 아니었다. 교수 집 식모라며 모멸을 안긴 게 두고두고 마음에 걸렸다. 서로 깊이만 조금 다를 뿐, 톱니바퀴가 지나간 흔적은 거기서 거기였던 것이다.

"그리고 이거……."

돌려주지 않아도 된다며 어인실이 벤치에 《제인 에어》를 올려놓은 뒤였다. 붙잡을 새도 없이 어인실은 순식간에 사라지고 말았다. 될 대로 되라는 식으로 뒤쫓아 가는 걸 포기한 채 나도 문제의 책을 손에 들고 기숙사 방으로 들어갔다.

다시 잠을 자려고 자리에 눕자 벽에 걸린 교복이 눈에 들어왔다. 저걸 입었을 때와 그렇지 않았을 때의 차이는 과연 무얼까? 주인과 종? 천당과 지옥? 얼마간 교복을 입어 보니 알 것도 같았다. 교복 차림으로 나가면 모두 나를 공손히 대해 주지만, 작업복을 걸치고 있으면 사람 취급조차 하지 않았다. 특히 어른들이 더 심했다.

"선생님이 어떻게……?"

결석 나흘째로 접어드는 날이었다. 심수하 선생님의 방문에 나는 허둥지둥 갈피를 잡지 못했다.

"불청객이 아닌지 모르겠다. 그동안 잘 지냈니?"

주유를 하던 중에 선생님을 맞은 나는 마음이 더욱 바빠졌다. 오늘따라 기대 형마저 보이지 않았다. 선생님을 우선 주유소 벤치로 안내한 나는 기숙사에서 자고 있는 동수 형을 흔들어 깨웠다.

"형? 잠깐만 일어나 봐."

"이 새끼가……."

"미안해, 형. 선생님이 찾아와서 그러는데 잠깐만 봐주면 안 될까?"

"기대 있잖아."

"기대 형이 지금 안 보여서 그래."

동수 형을 재차 흔들어 깨운 나는 밖으로 뛰어나갔다. 주유소는 차들이 언제 들어올지 그걸 알 수 없었다.

선생님과 한 벤치에 나란히 앉고 보니 심장이 쿵쿵 뛰었다. 그렇지만 입고 있는 작업복이 신경 쓰여 가까이 다가가진 못했다. 아무리 생각해 봐도 오일과 뮤직은 서로 맞는 구석이 없었다.

"하는 일은 어떠니. 힘들지 않니?"

"괜찮습니다."

"다행이구나. 선생님이 오늘 너를 찾아온 건 다른 게 아니고, 이 이야기를 꼭 들려주고 싶었다. 재열이 너를 편입생으로 받을 때 너희 담임 선생님께서 고민이 좀 많으셨거든. 넌 그동안 중학교를 한 번도 다녀본 적이 없었잖니. 너희 담임 선생님께서도 그 점이 마음에 걸리셨던 모양이야. 교장 선생님의 반대도 심하셨고. 그리고 이건 재열이 너한테만 들려주는 비밀인데, 너희 담임 선생님도 독배나 다름없는 쓴잔을 수없이 마셔본 분이란다. 법대를 졸업하고 사법고시를 준비하다가 교사가 되셨거든."

모두 처음 듣는 이야기였다. 해서 심수하 선생님이 들려주는 한마디, 한마디가 더욱 진지하게 느껴졌다. 초록의 6월에 가을의 끝자락을 보는 것처럼.

"재열아, 고등공민학교 교사들의 보람이 뭐라고 생각하니? 가정 형편이 어려운 너희들이 검정고시를 패스해 일반 중학교를 졸업한 학생들과 동등한 위치에 서는 것, 선생님의 꿈도 그 중 하나란다. 너희들처럼 열심히 살아가는 청소년들이 또 있을까? 그러니까 재열아, 오늘부터 너를 학교에서 다시 봤으면 좋겠다. 음악 시간에 네 자리가 비어 있으면 선생님의 마음이 얼마나 허전한 줄 아니. 무슨 뜻인 줄 알겠지?"

그만 콧등이 시큰해진 난 대답 대신 이 생각을 하고 있었다. 비가 잔뜩 내리는 날 누군가 미리 우산을 준비해 마중을 나온 것 같은. 교장의 반대를 무릅쓰고 나를 3학년으로 편입시켜 준 김대수 선생님도 보고 싶었다.

3루를 훔치다

가출 이십여 일 만이었다. 방과 후 아지트에서 덕수를 만나기로 했다는 찬호의 말에 우리는 그곳으로 몰려갔다.

"누가 먼저 튀자고 한 거니? 너야, 아님 강희야?"

"다른 곳도 많았을 텐데, 왜 하필 여수였니? 그곳으로 가게 된 특별한 이유라도 있었니?"

덕수의 등장은 이렇듯 또 다른 볼거리를 제공했다. 필름 상태였던 것을 사진으로 보는 기분이었다 할까. 두 사람의 동반 가출을 시샘하는 친구도 있었다.

"검정고시 발표가 있기 전부터 모의를 하긴 했었다. 시험 결과가 반타작에서 멀어지면 튀기로. 그리고 여수는 강희가 정한 거다. 그곳에 강희 친구가 살고 있었거든. 그런데 가서 보니까 그 친구도 간당간당하더라. 서울에서만 세 곳의 학교를 유랑하다 유배를 갔으니 거기라고 뭐 별 수 있겠냐."

"여수까지 가는 데 어려움은 없었고? 검문을 당할 수도 있잖아."

"우리가 뭐 초짜냐. 그런데다 강희는 사복만 걸치면 의심할 사람 없잖아."

그건 덕수의 말이 옳았다. 주말을 맞아 사복 차림으로 모였을 때 나는 딴 세상에 와 있는 줄 알았다. 교복을 입고 있을 때는 잘 몰랐으나 사복은 한두 살 차이라도 금세 드러났다. 그중에서도 최강희의 경우는 가슴과 허리, 힙의 라인이 모델 이상이었다.

"강희는 왜 같이 안 온 거니?"

덕수에게 쏠렸던 시선이 강희 쪽으로 기운 건 아주 자연스러운 현상인지도 몰랐다. 그동안의 베일이 덕수를 통해 어느 정도 벗겨지자 이번에는 강희의 빈자리가 궁금했다. 방금 그 물꼬를 튼 사람은 영은이었다.

"여수 친구랑 며칠 더 있다가 온다더라. 그 친구가 강희를 붙잡기도 했고."

"이제 넌 앞으로 어떡할 건데?"

"일단 내일 담임을 만나 보고 나서 결정하려고."

"무단결석 20일이면 쉽지 않을 텐데……. 더구나 넌 강희랑 짝지어 날랐잖니."

"봉천(고등공민학교)이 언제 이것저것 가리고 따지는 학교였냐. 상품으로 치면 비메이커잖아."

"덕수 너? 아무리 그래도 그렇지, 말을 너무 함부로 하는 거 아냐?"

송분헌이었다. 비메이커라는 말에 기분이 상했던지 분헌이가 덕수를 째려보았다.

"왜애? 내가 틀린 말 했냐? 재열이 봐라. 중학교 문턱도 안 밟아 본 놈이 한칼에 무임승차했잖아."

"이 새끼가 정말! 가출한 게 뭐 그렇게 대단한 일이라고 주접을 떠냐. 새끼야! 한 번만 더 친구들 물고 늘어지면 그땐 골로 갈 줄 알아라."

더는 못 봐주겠다는 듯 용길의 표정이 단호했다. 여차하면 덕수를 쥐어박을 기세였다. 하지만 내 생각은 좀 달랐다.

밤낮으로 꽁꽁 잠겨 있는 집과 수시로 문이 열려 있는 집 중에서 과연 어느 집이 더 바람직한 집일까? 나는 수시로 문이 열려 있는 집을 더 원했다. 마지막 보루나 다름없는 그 문마저 닫혀 있다면 세상은 또 얼마나 춥고 어둡겠는가. 칠흑의 바다에서 어선들의 길잡이가 되어 주는 등대처럼 육지에도 그런 학교 하나쯤은 남아 있어야 하지 않을까? 내 생각은 그랬다. 가능하다면 덕수도 학교로 다시 돌아오길 바랐다.

"재열아, 저번에 그 애가 또 왔다."

될지 어떨지도 모르면서 군대는 꼭 해병대를 갈 거라며 잠꼬대를 하는 기대 형이었다.

기숙사 방바닥에 배를 깔고 누운 채 책을 읽고 있던 나는 번쩍 상체를 일으켰다. 사실 《제인 에어》를 읽기 시작할 때만 해도 쪽팔려 죽는 줄 알았다. 비행기를 다룬 이야긴 줄 알았더니 소설 속 주인공 이름이었다. 그것도 모르고 설쳐댔으니…….

반면에 《제인 에어》는 수면용으로 그만이었다. 소설의 내용도 지루할뿐더러, 오 분 간격으로 하품이 터져 나왔다. 아마도 책에 가문 날의 소나기처럼 이런 내용마저 없었다면 나는 진즉에 포기했을지도 몰랐다.

'만일 너희 중에 나를 위하여 굶주리고 목마른 자는 복이 있을지어다.'

나도 누군가에게 그렇게 한번 외쳐보고 싶었다.

'내 발은 쑤시고 사지는 지쳤네. 길은 멀고 산은 험하고, 불쌍한 고아가 가는 길 위에 머잖아 황혼은 달 없이 쓸쓸히 다가오리라.'

나름 그림이 그려졌다. 그리고 그 주인공이 나를 닮은 듯해 보여 눈길이 갔다.

'가난이란 어른에게도 무섭게 보이는 것이다. 하물며 아이들에겐 말할 것도 없다. 아이들은 부지런히 일해서 존경을 받을 만한 가난도 있다는 걸 모른다. 가난이란 말은 누더기옷에 하잘것없는 음식에다 불기 없는 난로, 거친 행동, 저속한 악덕과 관련돼 있는 것으로만 생각한다. 가난이란 내게 있어서 타락과 똑같은 말이었다.'

이 부분은 어인실과 바로 매치가 되었다. 가난의 누더기, 하잘것없는 음식, 불기 없는 난로, 저속한 악덕……. 어인실이 가끔씩 사용하는 어휘들이었다.

"자는 사람 깨운 거 아냐?"

"아니야. 책 읽고 있었어. 근데 손에 든 건 뭐야?"

기숙사 입구에 어인실이 한 손에는 책가방을, 다른 한 손은 보자기로 싼 걸 들고 있었다.

"아, 이거……? 너 먹으라고 가져온 건데."

"진짜야?"

거듭 놀란 눈으로 내가 묻자 어인실이 고개를 끄덕였다.

"그거 이리 줘. 내가 들을게."

어인실의 손에 들린 보따리를 낚아채듯 받아 든 나는 기숙사 방으로 들어갔다. 그런데 아뿔싸! 그 다음이 문제였다. 보따리에 눈이 먼 나머지 기숙사 방을 미처 생각지 못했던 것이다. 나를 포함해 세 사람이 쓰는 기숙사 벽에는 한국에서는 좀처럼 보기 드문 외제 자동차와 비키니 차림의 여성 화보가 빽빽이 붙어 있었다. 그만 입장이 난처해진 난 얼굴이 화끈 달아올랐다.

"방이 좀 그렇지? 우리 벤치로 나갈까?"

"아니야. 괜찮아. 지금 벤치로 나가면 엄청 더울 거야."

어인실이 1단으로 켜 놓은 선풍기 바람을 2단으로 바꿀 때였다. 이제 됐다고 판단한 나는 분홍색 보자기부터 풀었다.

"우와! 통이 네 개나 되네."

보자기 매듭을 풀자, 네 개의 플라스틱 반찬통이 세로로 가지런히 포개져 있었다. 딸각. 딸각. 딸각. 나는 플라스틱 통의 잠금쇠들을 풀었다. 캔 음료를 따는 것처럼 경쾌한 리듬이 귀를 상쾌하게 했다.

"이건 장조림, 이건 멸치조림, 그리고 이건……. 어, 샌드위치도 있네?"

밑반찬에 샌드위치가 딸려 나오자 꿀꺽! 군침이 돌았다. 서울에서 햇수로 4년째 살고 있지만 오늘처럼 푸짐한 선물은 처음이었다. 그리고 방금 집어 든 샌드위치는 '있고, 없음'을 판가름하는 나만의 잣대이기도 했다. 저 정도의 베이커리를 먹는 사람이면 나와 다른 세계를 살 것이라는, 내 기준은 그랬었다. 집에서 손수 만든 빵과 공장에서 가공해 전국 상점에 내놓는 빵은 그 태생부터가 달랐다.

"왜 그러고 있어? 여름철에 만든 샌드위치는 부패할 위험성이 높기 때문에 되도록 빨리 먹어야 한단 말이야."

"응. 알았어."

대답을 마친 난 손에 쥔 샌드위치를 냉큼 입 안으로 밀어 넣었다. 아, 보들보들하고 촉촉한 이 느낌! 구멍가게에서 파는 비닐봉지 빵만 먹어오다 샌드위치를 한입 베어 무는 순간, 솜사탕이 따로 없었다. 소스의 질감과 아삭아삭 씹히는 신선한 야채 맛 때문인지 입 안에서 살살 녹는 기분이었다.

"맛이 어떨지 모르겠다. 괜찮아?"

"죽여준다. 근데 인실아, 이거, 니가 다 만든 거야?"

"당연하지. 주일만 제외하고 청소와 요리를 내가 다 하는걸. 시장도 내가 보고."

"교수 집에서 그런 것까지 시킨단 말이야?"

"시킨다는 표현은 좀 그렇고, 교수님만큼이나 사모님도 바쁘셔. 유치원을 하고 계시거든. 두 분을 성당에서 알게 됐는데 나한테는 행운이었지 뭐. 교수님 집으로 들어가기 전에는 김대수 선생님의 추천으로 구청에서 잔심부름을 했었거든."

어인실의 말처럼 교사들은 공부만 가르치는 게 아니었다. 교사들이 직접 발 벗고 나서서 학생들의 일자리도 알선해 주었다.

"정말 맛 괜찮아?"

"이런 빵이라면 백 개도 먹을 자신 있다."

눈 깜짝할 사이에 샌드위치를 여섯 개나 먹어 치운 나는 트림도 차원이 다르다는 걸 알 수 있었다. 비닐봉지에 담긴 빵을 먹고 나면 속이 느끼하고 더부룩한 반면 샌드위치는 상큼한 스킨

로션 냄새를 풍겼다.

일부러 남긴 샌드위치를 사무실에 있는 두 주유원에게 던져 놓고 돌아왔을 때였다. 어인실이, 조금 전 내가 읽다만 《제인 에어》를 손에 들고 있었다. 순간 나는 가슴이 뜨끔했다. 멋모르고 지은 죄도 그렇거니와, 《제인 에어》를 뻥 차 버리진 못한 건 그날 벤치에서 본 어인실의 눈물 때문이었다. 누가 그랬던가. 인간의 행위 중에서 눈물을 흘릴 때처럼 순결한 순간도 없으며, 세상 어디에도 눈물처럼 아름답고 고귀한 꽃은 없다고. 주인공 제인 에어도 그런 삶을 살아가고 있었다.

"난 이 책 두 번이나 읽었는데……. 맨 처음 읽었을 때는 마음이 너무 아팠고, 두 번째 읽으면서는 진실의 영원함을 발견했던 것 같아."

진실의 영원함? 얼추 느낌은 오는데 알쏭달쏭했다. 그렇다고 어인실에게 물어볼 수도 없었다. 둘 다 숙연한 건 맞지만 성격 자체는 조금 다른, 기도와 묵념의 한가운데 서 있는 것 같았다.

"페이지를 접어둔 걸 보니 여기까지 읽었구나? 많이 읽었네."

"니가 읽으라고 했잖아."

"큭. 그런 대답이 어딨니. 그럼 다음에도 내가 하라는 건 다

하겠네?”

“대신 조건이 있다. 일주일에 한 번씩 샌드위치를 만들어 주면.”

“뭐야?”

어이가 없다는 듯 인실이 미소를 머금은 채였다. 인중에 보송보송 땀이 나 있는 것 같기도 했다. 책상 밑에 누워 있는 두루마리 휴지를 꺼내 줄까 하다 그만두었다. 먹을 것 다 먹고 나자 방 안에 묘한 정적이 흘렀다. 방금 2대 2로 8회 말을 마친 야구장의 분위기처럼.

책가방을 챙겨 거리로 나오자, 내리쬐는 햇볕이 장난이 아니었다. 초여름 날씨치고는 몹시 후텁지근했다. 머쓱한 면도 없지 않았다. 하굣길이 아닌 등굣길에서 여학생과 길동무를 하려니 괜히 조바심이 일었다. 하굣길에 송분헌을 집까지 바래다줄 때와는 또 다른 느낌이었다. 혹시라도 아는 사람을 만나 물어오면 송분헌은 자신 있게 반 친구라고 말할 수 있지만 어인실은 좀 설명하기가 애매할 듯싶었다.

어인실이 자신의 왼손을 이마에 대어 차양을 만들 때였다. 가게로 뛰어 들어간 나는 아이스크림 두 개를 사왔다.

"이거 먹어. 날이 너무 덥잖아."

"고마워."

그런데 일이 좀 번거로워지고 말았다. 어인실이 걸음을 멈추더니 부라보콘을 내게 다시 내밀었다.

"왜? 안 먹으려고?"

"그런 게 아니라 지금 내 손이……."

이런! 가뜩이나 더운 날씨가 더 덥게 느껴졌다. 남학생 가방과 여학생 가방의 손잡이 길이가 다르다는 걸 깜빡했던 것이다. 남학생 가방은 손잡이를 팔뚝에 건 채 혼자서도 아이스크림 껍질을 벗길 수 있지만 여학생 가방은 불가능했다.

"지금 먹고 있는 부라보콘 송(song) 알아?"

"생뚱맞긴. 부라보콘 송을 모르는 사람이 어딨니."

"그럼 한번 불러 봐."

"지금?"

"콘 송(cone song)을 그럼 날 잡아서 부르냐."

자신이 보기에도 우스꽝스러운지 어인실이 상체를 오른쪽으로 비스듬히 틀더니 힐끗 나를 쳐다보았다. 그리고 잠시 후. 열두 시에 만나요 부라보콘, 둘이서 만나요 부라보콘, 살짝쿵 데이트 해태 부라보콘 송이 인실의 입을 타고 흘렀다.

“내 그럴 줄 알았다. 방금 니가 부른 콘 송은 동요야, 동요! 너 아직 어른들이 부르는 콘 송은 모르고 있구나.”

“금시초문인걸. 방금 내가 부른 것 말고 또 있단 말이지?”

“있다마다. 그렇지만 지금은 들려줄 수 없다. 그게 말이지, 19세 이하들한테는 금지곡이거든.”

“얼씨구. 너랑 나랑 동갑내기 아니었으면 오늘 큰일 날 뻔했네. 마치 오빠처럼 굴잖아.”

이유야 어떻든, 기분은 나쁘지 않았다. 열두 시에 만나요 브라자끈 둘이서만 만나요 브라자끈 사알짝 풀어줘요 비너스 브라자끈, 마저 어인실이 알고 있었다면 세상은 너무 불공평하지 않은가.

히히, 작은 승리에 도취된 나는 성인들이 부르는 부라보콘 송 대신 오란씨 송을 불러 주었다.

하늘에서 별을 따다 하늘에서 달을 따다
두 손에 담아드려요
오~ 아름다운 날들이여 사랑스런 눈동자여
오오오~ 오란씨!

여름 방학

"내일부터 여름 방학이 시작된다. 미리 밝혀두지만, 여러분들에게 이번 방학은 그 어느 때보다도 중요한 시기인 만큼 단 한 사람도 결석하는 일이 없길 바란다. 단, 제외인 사람들이 있다. 1차 시험 전과목 합격자는 내일부터 등교하지 않아도 된다."

사뭇 비장한 어조로 종례를 마친 뒤였다. 담임이 교실을 빠져 나가자 두더지반은 찬물을 끼얹은 것처럼 조용했다. 앞으로 남은 시간은 24일. 오는 8월 17일, 2차 시험의 관문을 통과하지 못하면 두더지반은 황량한 사막으로 변할 수도 있었다.

"에이 씨팔! 방학하는 날부터 이게 뭐냐? 이건 학교가 아니라 감옥이다."

엄숙했던 교실의 분위기를 와장창 깨뜨린 건 찬호였다. 분통이 터지는지 녀석은 길길이 날뛰었다.

"야, 반장하고 부반장? 담임 퇴근하기 전에 교무실 좀 다녀와라. 그래도 명색이 방학인데 며칠은 쉬어야 할 것 아냐."

하지만 반장과 부반장 모두 벽창호처럼 꿈쩍도 하지 않았다.

"야, 너희 둘! 내 말이 말 같지 않냐? 안건을 내놓았으면 가타부타 무슨 말이 있어야 할 것 아냐!"

"그렇게 급하면 네가 좀 다녀오지 그러니. 나는 선생님의 말씀을 거역할 생각이 추호도 없어서……."

연이은 찬호의 막말에 참을 만큼 참았다고 생각한 걸까. 송분헌이 쌍심지를 켠 채 찬호를 꼬나보았다.

"이게 정말! 너 지금 말 다했어?"

"다했다면 어쩔 건데? 한 대 치고 싶니?"

"어휴, 저걸 그냥……! 야, 반장? 니가 좀 다녀와라."

"가지 마, 성철아. 저런 안건은 무시해도 괜찮아."

자리에서 일어나려는 반장을 분헌이가 눌러 앉혔다. 그러자 종례를 마친 친구들이 주섬주섬 가방을 챙기고 있었다.

"저런 병신 같은 새끼! 반장이라는 놈이 부반장한테 질질 끌려 다니기나 하고……. 그럴 거면 당장 때려치워 새끼야. 너 같은 거 아니어도 반장할 사람 많으니까."

"제발, 그만 좀 못하겠니? 너네 아버지도 교육자라며? 그럼 잘 알겠네. 담임 선생님께서 왜 저러실 수밖에 없는지를……."

눈에는 눈, 이에는 이로 맞서는 송분헌의 대응에 찬호가 가방을 챙겨 교실을 뛰쳐나가 버렸다. 그러지 말라고 옆에서 만류를 해봤지만 이미 소용없는 일이었다.

"애들이 어쩜 저런다니. 유치해도 너무 유치하다야."

찬호에 이어 송분헌과 신용길마저 교실을 빠져나가자 이영은이 허탈한 표정으로 나를 바라보았다. 이제 남은 사람이라고 해야 나와 이영은 둘뿐이었다.

"그건 그렇고 영은아. 오늘 덕수하고 강희 온다고 했잖아?"

"내 말이. 우리가 오늘 만나자고 해놓고 이게 뭐니? 아무튼 찬호 저 자식은 도움이 안 된다."

얼마 전이었다. 최강희가 여수에서 돌아왔다는 소식을 전해 듣고 날짜를 오늘로 늦춘 건 우리였었다. 무기정학 처분으로 학교를 떠난 덕수도 위로할 겸 방학하는 날 모이기로 했던 것이다.

밤이 깊어 가는데도 무더위의 기세는 꺾일 줄을 몰랐다. 얼마 걷지 않아 등과 겨드랑이에서 끈적끈적한 액체가 느껴졌다.

참 더러운 날씨였다. 옆에서 누군가 살짝 건드리기만 해도 입에서 쌍욕이 튀어나올 것 같은.

"저기 저 애, 어인실 아니니?"

관악구청 건물을 끼고 소방도로 방면으로 접어들 때였다. 영은의 말에 나는 흠칫, 걸음을 멈추었다. 집으로 간 줄 알았던 어인실이 횡단보도 신호등 앞에 서 있었다.

"영은이구나. 학교에서 이제 나오나 보네."

먼저 알은 체를 한 건 어인실이었다.

"그러는 너는 집에 안 가고 거기서 뭐하니?"

"누굴 좀 기다리느라고……."

순간, 나는 직감할 수 있었다. 어인실이 기다리고 있는 사람이 바로 나였음을. 어인실은 신림동과 정반대 방향인, 주유소로 통하는 길목에 서 있었던 것이다.

"그럼 만나고 가라. 나는 재열이와 급히 갈 데가 좀 있어서."

말꼬리를 자르듯 등을 보인 영은이 몸을 막 틀 때였다. 기회는 이때다 싶어 나도 잽싸게 한마디 던졌다.

"덕수와 강희를 만나기로 해서……."

딴청을 피우듯 던진 말이긴 했지만 마음은 한결 가벼웠다. 어인실을 본 순간부터 무슨 말이라도 좋으니 지금의 상황을 꼭 전해야 할 것만 같았다.

"어인실이 저 애 말이야, 좀 밥맛이지 않니?"

"글쎄. 내가 보기엔 착해 보이던데."

"하하하. 저 애가 어떻게 착하니. 순 엉큼덩어리지."

"그런가, 내가 잘 몰라서……."

"나도 분헌이한테서 들었는데 인실이 저 애, 서울대학교 교수 집에서 식모살이한대. 아버지는 탄광에서 일하다 사고로 죽고, 엄마는 뭐 길거리에서 장사를 한다나. 그딴 주제에 잘난 척은 혼자 다하고…… 그뿐인 줄 아니? 인실이 저 애, 얼마나 도도한데."

쳇! 그러는 넌 뭐, 얼마나 잘났는데? 어인실에 비하면 이영은 너는 까져도 한참 까졌잖아. 어디 그뿐이니. 너는 은행 부지점장인 아빠가 바람을 피워 새파란 새엄마랑 살고 있잖아! 팔은 안으로 굽고 가재는 게편이라고, 나도 이렇게 속 시원히 한바탕 쏘아 주고 싶었다. 그리고 오늘은 날씨만 더러운 게 아니라 속까지 더러워지고 있었다.

찬호가 미리 선수를 쳤는지 아지트는 텅 비어 있었다. 속으로 나는 쾌재를 불렀다. 팥빙수를 먹으러 가자는 영은이의 제의가 있었지만 오늘은 그럴 기분이 아니었다. 내 마음은 이미 콩

밭에 가 있었다.

책가방을 왼쪽 겨드랑이 사이에 장착한 나는 왔던 길을 되밟아 뛰기 시작했다. 그러나 신호등 앞에 서 있었던 어인실이 보이지 않았다. 9시 20분. 손목시계를 확인한 난 버스 정류장을 향해 다시 뛰었다.

동복과 달리 하복은 밤에 그 빛을 발했다. 어둠 속을 유영하는 반딧불처럼 어인실이 횡단보도를 건너, 버스 정류장 쪽으로 걸어가는 모습이 포착되었다. 나는 이름을 힘껏 외쳤다.

"어인실! 어인실!"

인실이 뒤를 돌아보았다. 오른손을 번쩍 치켜들어 신호를 보낸 나는 다시 파란불이 켜지길 기다렸다.

초조했던 삼십 초가 지나고 신호등에 파란불이 들어왔다. 나는 전속력으로 뛰었다. 오늘이 가기 전에 꼭 보고 싶었던 사람을 볼 수 있어 눈물이 날 것만 같았다.

"영은이는 어떡하고? 덕수와 강희도 온다고 했잖아?"

"영은이는 좀 전에 갔고, 덕수와 강희는 오지 않았어."

"어휴, 땀 좀 봐. 거기서 여기까지 뛰어온 거야?"

숨이 찬 나는 고개를 끄덕였다. 오늘은 뭔가 제법 큰일을 해낸 기분이었다. 땀으로 흠뻑 젖은 교복이 그걸 말해 주고 있었다.

어인실과 나란히 서서 버스를 기다릴 때였다. 자전거 한 대가 버스 정류장 앞을 휙 스쳐 지나갔다. 저거다! 나는 찰나와 같은 그 순간을 놓치고 싶지 않았다.

"내일 우리 낙성대에서 만날까?"

"학교는 어떡하고."

"종례 시간에 못 들었어. 전과목 합격자들은 안 나와도 된다고 했잖아."

"그건 그렇지만……. 내일 몇 시까지 가면 되는데?"

"네 시에 낙성대 입구에서 보자. 대신 바지 입고 와야 한다."

"웬 바지를?"

"그럴 일이 좀 있으니까 꼭 입고 와."

그때 마침 인실이가 타고 갈 신림동 방향 버스가 들어오고 있었다. 손을 흔들어 마지막 인사를 나눈 나는 룰루랄라, 주유소로 발길을 돌렸다.

어인실은 아직 보이지 않았다. 나는 자전거 페달을 느린 속도로 굴려 공원부터 한 바퀴 둘러보았다. 주유소에서 가까운 낙성대는 고려의 명장 강감찬이 버티고 있었다. 낙성대는 강감찬 장군이 태어난 곳으로, 기마동상 하단에는 귀주대첩과 8년에 걸쳐 거란족의 침입을 막아낸 기록이 아로새겨져 있다.

어인실이 나타난 건 네 시가 조금 지나서였다. 청바지에 카키색 티셔츠를 받쳐 입은 모습이 정갈하고 새뜻해 보였다.

"자전거 타고 왔네?"

"자전거 탈 줄 알아?"

"아니. 못 타."

"그럴 줄 알고 사복 차림으로 나오라고 한 거야. 오늘 너한테 자전거 타는 거 가르쳐 주려고."

"겁나지 않아?"

"자전거가 무슨 자동차니. 금방 배울 수 있어."

나는 은근히 기분이 좋았다. 아니, 지금부터 내가 해야 할 일이 생겼다는 사실에 가슴이 뿌듯했다.

강감찬 장군 동상 앞으로 이동한 나는 어인실을 자전거에 태웠다. 동상이 있는 곳에서 낙성대 입구까지의 내리막길이 자전거를 배우기에 가장 적합한 장소였다. 하지만 인실은 초장부터 나를 실망케 했다. 어떻게 된 노릇인지 자전거에만 오르면 비칠비칠 트위스트를 췄다.

"내가 방금 말했잖아. 페달을 굴릴 때는 절대로 상체를 구부

리거나 비틀면 안 된다고!"

"그러려고 하는데도 잘……."

자신도 그 점을 깨닫고 있는지 어인실이 무안한 표정으로 자전거에서 내려왔다.

"잠깐만 쉬었다 타면 안 돼? 정말 힘들어서 그래."

"그럼 십 분만 쉰다? 너무 오래 쉬면 타기 싫어진단 말이야."

어인실과 벤치에 앉아 잠시 휴식을 취할 때였다. 나는 겨드랑이가 간질거려 미칠 지경이었다. 오늘은 누군가의 단점을 하나 알아냈다는 것만으로도 크나큰 수확이 아닐 수 없었다. 나중에 보면 상대방의 단점은 약방의 감초로 둔갑하지 않던가.

"처음엔 다 그래. 나도 그랬는데 뭐."

"정말?"

자전거를 처음 배운 건 초등학교 2학년 때였다. 면 소재지 양조장에서 일하는 종구 아저씨한테 그만 홀딱 반하고 말았다. 종구 아저씨는 짐빠리 자전거에 술통을 가득 싣고도 씽씽 바람을 갈랐다. 나는 학용품을 산다며 어렵사리 타낸 돈을 자전거포에 다 쏟아 부었다.

"자전거를 타고 하늘을 날 수 있게 없게?"

"자전거가 무슨 비행기니. 말이 되는 소리를 좀 해라."

뭐라, 말이 되는 소리? 저게 나를 뭘로 보고……! 자존심이 상한 나는 자리를 박차고 일어나 강감찬 장군 동상 앞으로 올라갔다. 자전거로 과연 비행을 할 수 있는지 없는지 그걸 어인실에게 똑똑히 보여 주고 싶었다.

출발점에 선 나는 벤치에 앉아 지켜보고 있는 어인실을 향해 오른손을 세차게 흔들었다. 머릿속에 이미 거리 측정은 돼 있는 상태였다. 비행을 하려면 적어도 20미터 지점에서 핸들을 놓음과 동시에 두 팔을 활짝 펼쳐 보여야 했다. 바로 그 지점이 코앞으로 다가오자 나는 자전거 핸들에서 두 손을 완전히 뗀 채 우아한 한 마리 학처럼 날아올랐다. 뿐인가, 내가 탄 자전거는 인실이가 지켜보는 벤치 앞에서 사뿐히 내려앉았다.

"우와! 진짜 멋지다!"

어인실이 놀란 눈으로 박수를 치고 있었다. 모종의 조건 반사처럼 내 양 어깨도 들썩거리기 시작했다. 경사가 조금만 더 가팔랐다면 이보다 더 멋진 묘기를 보여 줄 수 있었을 텐데 그 점이 못내 아쉬웠다.

"너처럼 하려면 얼만큼 타야 해? 반 년? 아님 1년?"

"이건 시간으로 되는 게 아냐. 먼저 용기가 필요하고, 그 다음은 자전거에 대한 믿음이 중요해."

"그럼 나도 용기를 내어 재도전해 볼까?"

조금 전 내가 보여 준 비행에 자극을 받은 어인실이 자전거에 다시 올라탔다. 연을 날릴 때처럼 나는 자전거의 연실을 풀었다 감았다를 반복했다. 그 과정에서 몇 차례 넘어지고 고꾸라지는 일이 발생하기도 했지만 하늘은 대체로 공평해 보였다. 오늘도 노력하는 자의 손을 먼저 들어 주었다. 몇 차례 더 연습을 하면 어인실도 도로 위를 달릴 수 있을 것 같았다.

흥건하게 젖은 땀도 식힐 겸 등나무 그늘 벤치에 앉아 음료를 마실 때였다. 인실이 갑자기 학교 이야기를 꺼내자 나는 손에 쥔 캔 음료만 만지작거릴 뿐이었다. 당장 내일부터가 걱정이었다. 등교를 하는 게 맞는지 어떤지 판단이 서질 않았다.

"넌 어떡할 건데?"

"엄마한테 잠깐 다녀오려고. 엄마가 발을 다치셨거든."

어인실마저 태백을 간다는 말에 나는 힘이 쭉 빠져 버렸다. 어쩌면 처음이자 마지막이 될지도 모를 여름 방학이 서늘하게 느껴졌다.

"재열이 너도 고향에 다녀오지 그러니."

"……."

"왜 말이 없어? 집에 무슨 일이라도 있는 거야?"

중학교 진학이 수포로 돌아간, 며칠 뒤였다. 나는 보란 듯이 낫 끝으로 내 발등을 찍어 버렸다. 아버지를 향한 반항심이 극에 달해 있던 시기였다. 그렇지만 어인실에게 거기까지 털어놓고 싶진 않았다.

최후의 심판

여름 방학을 맞아 바빠진 건 수험생만이 아니었다. 고향에 다녀온 어인실은 국어를, 서혜지는 영어를, 최효진은 수학과 과학을, 그리고 나는 반 친구들의 취약 과목을 도왔다. 남은 시간이 별로 많지 않아 족집게 과외를 하는 식이었다.

"우리 반 너무 멋있지 않냐? 어느 학교가 이렇게 친구가 친구를 도와가며 공부하겠냐."

쓰든 달든 물이든 불이든 일단 일을 저질러 놓고 보는 찬호였다. 쉬는 시간을 이용해 찬호가 생각지도 못한 발언을 하자 교실의 분위기는 한층 더 고무되었다.

반 운영비로 사온 음료와 과자를 나눠 먹을 때였다. 자리에서 일어난 나는 친구들 앞으로 걸어 나갔다. 막간을 이용해 들려주고 싶은 말이 있었다.

"별로 중요한 이야기는 아니지만 혹시나 해서. 시험 치는 날 되도록 감독관과 눈을 마주치지 않았으면 해서. 감독관한테 신경을 쓰다 보면 자신도 모르게 쫄거나 자신감을 잃어 시험을 망칠 수도 있거든."

이것은 내가 직접 경험한 것이기도 했다. 문제가 술술 잘 풀릴 때는 고사장 안에 내부 감시가 있는지 저승사자가 있는지도 잘 모르고 있다가, 다음 문항에서 막히자 제일 먼저 눈이 간 곳은 다름 아닌 감독관이었다. 그러나 문제는 그 일이 한 번으로 끝나지 않았다는 것이다. 다음 시간, 그 다음 시간에도 똑 같은 일이 벌어지면서 나는 서서히 집중력을 잃어 갔다.

놀라운 사실은 친구들의 반응이었다. 시답잖을 수도 있는 내 말에 양성윤이 동감을 표하자, 곧이어 다른 친구들도 자신이 경험한 것들을 솔직하게 털어놓았다.

"방금 재열이가 말한 것 있잖아, 실은 나도 1차 시험 때 비슷한 경험을 했거든. 감독관한테 한번 눈이 꽂히니까 시험이 끝날 때까지 괜히 불안해지는 거 있지?"

"나도 그랬었는데……. 엄청 쫄게 되고."

뜻밖의 반응에 이렇듯 나는 되로 주고 말로 받은 기분이었다. 그리고 이런 현상은 스포츠 경기를 통해서도 종종 나타났다. 경기 도중 심판의 잘못된 판정으로 인해 시비가 붙었을 때 그걸 빨리 털어 내지 못하면 그날 그 팀은 시합에서 패할 확률이 높았다. 괜히 운동선수들이 경기 후 인터뷰를 통해 오늘의 승리 요건을 심리전의 결과라고 말하겠는가.

"나간 김에 재열아, 노래나 한 곡 멋지게 땡겨 봐라. 이왕이면 다홍치마라고 국산보다는 외제가 더 낫겠지?"

두더지반의 분위기 메이커 찬호였다. 찬호가 입을 떼자마자 다른 친구들도 '불러', '불러'를 연호하고 나섰다. 나는 2분단 중간에 앉아 있는 어인실을 슬쩍 건너다 보았다. 교단 앞으로 나오면 바로 이런 점이 좋았다. 42명의 친구들이 나를 향해 부채꼴 모양으로 시선을 집중할 때, 나는 누구에게도 들키지 않고 한 사람과 눈을 맞출 수 있었다.

"그러면 오늘은 우리 반 전원 합격을 기원하는 의미에서 진추하의 노래를 불러 줄게. 〈사랑의 스잔나〉를 본 사람은 이미 알고 있겠지만, 그 영화의 주제곡이기도 하다."

간략하게나마 나는 라디오 〈별이 빛나는 밤〉을 통해 주워들은 것들을 친구들에게 전한 뒤, 진추하와 아비가 듀엣으로 하모니를 이룬 〈One summer night〉을 부르기 시작했다.

One summer night the stars were shining bright

별들이 빛나던 한 여름의 그 밤

One summer dream made with fancy whims

화려한 공상들이 스쳐간 어느 여름날의 꿈

That summer night my whole world tumbled down

나의 세계가 무너져 버리던 그 밤

I could have died if not for you

당신이 없었다면 나는 죽을 수도 있었습니다

Set me free like sparrows up the trees give a sign

자유롭고 싶어요 나무 위의 새들처럼 사랑의 표시를 해 두세요

So I would ease my mind just say a word and I'll come running wild

내 자신을 되찾고 싶어요 한마디만 해 주세요 어디든 따르겠어요

Give me a chance to live again

새 삶의 기회를 다시 한 번 주세요

Each night I'd pray for you

매일 밤 당신을 위해 기도했어요

아름답지만 애절한, 뭐 이런 내용의 가사가 담긴 노래를 다 부른 뒤 내 자리로 돌아가려던 참이었다. 때 맞춰 교실로 담임이 들어오고 있었다.

"교실이 왜 이리 소란스럽냐?"

담임의 출현에 나는 재빠르게 부동자세를 취했다. 지난번 결석 때문이었다. 매도 맞을 거면 빨리 맞는 게 낫다는 말도 있듯이 차라리 그때 야단을 맞았더라면 마음도 덜 무거웠을 텐데 담임은 거기에 대해 일절 말이 없었던 것이다.

궁지에 몰린 나를 구해 준 사람은 반장 이성철이었다. 〈One summer night〉을 쏙 뺀 채 시험과 감독관의 관계만 들려주자, 담임의 얼굴빛이 그새 밝아졌다.

"아무튼 좋은 이야기다. 그러니까 여러분들도 괜한 데 신경 쓰지 말고 자신이 갈고 닦은 실력만큼 최선을 다해 주길 바란다."

한 가지 염려가 되는 건 8월부터 이듬해 4월까지였다. 4월에서 8월까지는 4개월로 시간대가 대체로 짧은 편이지만, 8월 검정고시가 끝나고 나면 그보다 배가 되는 8개월의 공백이 생긴다. 해서 아무리 마음을 굳게 먹었던 사람이라도 해[年]를 넘기는 과정에서 포기하는 경우가 많다. 아니할 말로 검정고시를 일컬어 괜히 국가고시라 했겠는가. 열에 일고여덟은 이 8개월의 공백을 버티지 못하고 그만 제풀에 무너지고 마는 것이다.

하루 한 시간씩, 《제인 에어》를 다 읽는 데만 꼬박 4주가 걸렸다.

찜통더위 속에서 그것도 듣도 보도 못한 책을 읽으려니 이건 독서가 아니라 고문에 가까웠다. 만화나 무협지처럼 페이지라도 시원시원하게 넘어갔다면 또 얼마나 좋았을까? 그러나 눈을 씻고 봐도 그런 페이지는 없었다. 갓 태어난 굼벵이가 백 미터 육상 경주에 출전한 꼴이었다.

《제인 에어》의 시련은 그것으로 끝이 아니었다. 내 입에서 '휴-, 다 읽었다.'는 장탄식이 터져 나오기 바쁘게 어인실은 마귀할멈으로 돌변했다. 그는 아예 속사포처럼 질문을 쏟아 부었다.

"다 읽은 소감이 어떤데? 제인 에어가 정말로 반항심이 센 고집불통처럼 보였어? 불쌍하게 보이진 않았고? 제인 에어가 가는 곳마다 구박과 학대, 엉망인 시설들이 기다리고 있었잖아? 제인 에어와 로체스터의 사랑은 어땠어? 아름다웠어, 슬펐어?

배신감을 느끼진 않았고? 로체스터는 이미 결혼한 아내가 있었잖아? 그리고 마지막으로, 제인 에어가 다시 로체스터를 찾아가는 장면은 어땠어? 너무 감동적이지 않았어?"

이럴 줄 알았으면 처음부터 책을 읽지 않겠다고 완강히 버틸 걸 그랬나! 후회막급이었다. 읽는 것만 해도 고통스러워 미칠 지경이었던 사람에게 이 무슨 얼토당토않은 1막 2장이란 말인가. 스토리 전개는 띄엄띄엄 기억이 나지만, 그걸 일목요연하게 이야기로 들려주기란 역부족이었다. 독서 중에 졸음이 서 말이었기 때문이다.

"책을 다 읽었다면서 왜 한마디도 못 하는데? 혹시, 잡지책 넘기듯 대충대충 읽은 거 아냐?"

"니 눈에는 내가 그런 놈으로밖에 안 보이냐?"

"그렇게 들렸다면 미안해."

"미안한 것 알았으면 됐고, 솔직히 까놓고 말해 보자. 《제인 에어》를 줄 때 뭐라고 했는데. 그냥 읽어 보라고만 했지 나중에 시험까지 치겠다고 한 건 아니었잖아?"

"그건 그렇지만……."

어인실이 자신의 페이스를 잃은 듯 표정이 굳어지면서 목소리마저 가라앉고 있었다. 나는 그 기회를 놓치지 않았다.

"이건 내 생각인데, 제인 에어 속에 네가 있는 것 같더라."

"정말? 그게 어디에 있었는데?"

아니나 다를까, 어인실의 눈이 뚱그레지면서 당황하는 기색이 역력했다. 양쪽 볼이 미세하게 붉어지고 있었다. 지금이 바로 적기라고 여긴 나는 38쪽을 펼쳐 거침없이 낭독하기 시작했다.

'침대 속에서 나는 언제나 인형을 데리고 잤다. 인간이란 무엇이든 사랑해야 한다. 그보다 더 값어치가 있는 애정의 대상이 없었던 나는 조그만 허수아비처럼 초라하고 퇴색한, 조각 인형을 사랑하고 아끼는 데서 즐거움을 찾으려 애썼다. 그 조그만 인형이 살아 있고, 감각이 있는 것이라고 막연히 생각할 만큼 나는 인형에게 잠옷을 입히지 않으면 잠을 이룰 수 없었다. 그렇게 편안하고 따뜻이 누워 있을 때 인형도 기뻐하리라고 믿으며 나는 얼마간 행복했었다.'

이제야 내 물밑 작전이 제대로 먹혀든 걸까? 라디오를 통해 배운 디스크자키의 목소리로 낭독을 마치고 나자 어인실이 청맹과니처럼 나를 뚫어져라 쳐다보았다.

"어쩜……! 지금 내 기분이 어떤 줄 아니? 우주선을 타고 화성에 와 있는 기분이야."

"그럼 좋다는 거야?"

"응. 이런 기분 처음이야."

그러고 보면 할머니의 말은 백발백중이었다. 여자들은 마음의 변덕이 하도 심해서 육해공을 전부 주관하는 하느님께서도 헤매기 일쑤라고 했던 것이다. 어쨌든 나로서는 검정고시보다 더 어렵고 벅찬 시험을 무사히 마쳤다는 점에서 야호! 히말라야 정상에 서 있는 것 같았다.

"수고했어, 재열아. 그리고 모레쯤 다른 책을 한 권 더 줄 테니 그것도 읽어 봐. 《제인 에어》보다 훨씬 더 감동적인 소설이야."

이런 제길, 혹을 떼려다 혹 하나를 더 붙인 꼴이 돼 버린 난 한숨이 절로 나왔다. 남자한테는 곰 같은 용기를, 여자한테는 독사 같은 지혜를 준 신이 원망스러울 따름이었다.

모닝뉴스에서는 간만에 비가 내려 가뭄도 해갈되고, 그동안 기승을 부린 더위도 한풀 꺾였다며 첫 소식으로 전했지만, 나는 친구들이 걱정되었다. 오늘은 주유를 하면서도 마음이 온통 고사장에 가 있었다.

쑥고개 떡볶이집에 도착한 나는 우산을 탈탈 털어 접은 뒤 안으로 들어갔다.

"안녕하세요, 이모님?"

머리에 묻은 빗물을 손으로 쓸어내리면서 나는 도루들이 이모님이라고 부르는 아주머니에게 인사를 했다.

"이 시간에 니가 웬 일로……?"

"네 시에 여기서 모이기로 했는데요."

"학교는 어떻게 하고?"

"오늘 일요일이잖아요, 이모님."

"아이고, 내 정신 좀 봐라. 그렇지. 오늘이 일요일이지……."

오후로 접어들면서 빗줄기가 더욱 굵어진 탓인지도 몰랐다. 나무 주걱으로 떡볶이를 젓고 있는 이모님의 표정이 예전 같지 않았다. 마치 넋이 다 빠져나간 사람처럼 보였다. 의자에 앉은 채 이모님의 뒷모습을 물끄러미 지켜보던 나는 찬호가 들려준 이야기가 생각났다.

"떡볶이집 이모 말이야, 시집에서 쫓겨났다더라. 결혼한 지 5년째가 다 되도록 애를 못 났다나. 한마디로 소박당한 거지."

신길동 가방 공장에도 그런 아줌마가 하나 있었다. 사계절

내내 얼굴에 짙은 그림자를 안고 사는. 충청도 홍성이 시댁인 아줌마를 따라 시장을 간 날이었다. 공장에서 나이가 제일 어리다는 이유로 아줌마는 나에게 맛있는 국밥도 사 주고 양말도 사 주었다. 하지만 무슨 일인지 공장 사람들은 그 아줌마와 일정한 거리를 두었다. 특히 이 점은 여공들이 더 심해 보였다. 대놓고 말을 한 건 아니지만 부정 탄다며, 다들 꺼리는 눈치였다.

"먼저 와 있었구나?"

용길이었다. 어딘가를 방황하다 온 사람처럼 신용길의 옷이 흠뻑 젖어 있었다.

"시험은?"

"아슬아슬할 것 같다."

아슬아슬하다, 참으로 난감한 말이었다. 뭐라고 위로조차 해줄 수 없는. 뒤따라 들어온 찬호도, 영은도 똑같은 말을 했다. 찬호는 영어가, 영은은 과학이 걸리는 모양이었다. 그렇다면 현재로선 송분헌이가 가장 유력해 보였다.

"오늘 같은 날은 한잔 때려야 하는 것 아냐? 이제 다 끝났잖아!"

"미안한데 찬호야, 오늘은 그냥 떡볶이만 먹으면 안 될까. 식구들과 저녁 약속이 있어서 그래."

찬호의 제안에 분헌이가 양해를 구할 때였다. 머리에 묻은 빗물을 손수건으로 훔치던 영은이가 찬호를 만류했다.

"그렇게 해, 찬호야. 이제 시험도 끝났겠다, 마음껏 방학도 즐겨야 하지 않겠니? 며칠 남진 않았지만."

"좋다, 까짓것! 오늘은 내가 양보한다. 대신 조건이 있다. 방학 끝나기 전에 우리 단체로 여행 가자."

"그거 좋겠다. 난 찬성!"

입술에 벌건 고추장 양념이 묻어 있는 것도 잊은 채 떡볶이를 먹던 영은이 제일 먼저 찬호의 제안에 한 표를 던졌다. 송분헌도 마다하는 눈치는 아니었다. 걸림돌은 바로 나였다. 뒤이어 신용길이 자신도 일요일이면 가능하다는 절반의 답을 내놓았으나, 나는 그조차도 어려워 보였다. 파트타임으로 일을 하고 있어 동료들과 이야기를 해 봐야 알 것 같았다.

"그럼 이렇게 하자. 재열이는 내일까지 알려 주고, 이번 여행은 덕수와 강희도 함께 가는 걸로."

그러나 신용길의 교통정리에도 불구하고 이야기는 산 너머 산처럼 더욱 분분해지고 말았다. 여행은 그런 맛이 있었다. 떠나서도 즐겁지만 떠나기 전도 그에 못지않았다. 대략 인원수가 정해지자 이번에는 여행 장소를 놓고 옥신각신, 갑론을박이 벌어졌다. 푸른 동해가 파라솔처럼 펼쳐졌다 접히면 서해가 다시 기선을 잡았고, 1박 2일이 테이블 위로 폴짝 뛰어올랐다 주춤하면 당일치기가 목을 빼들었다.

이에 참다못한 용길이가 다시 나섰다. 여행지를 양평으로 정한 그는 당일치기로 못을 박았다. 모르긴 해도 나를 배려한 결정인 듯싶었다.

덕수와 강희의 근황을 들려준 사람은 유달리 떡볶이를 좋아하는 영은이었다. 오늘도 영은은 3인용 접시를 혼자서 말끔히 비운 뒤였다

"저번 주 일요일 날 잠깐 만났는데, 덕수는 양재학원에 등록했더라. 강희는 집에서 쉬고 있고."

"뜻밖인걸. 덕수가 양재학원을 다닌다는 게."

조금 의아한 표정으로 분헌이가 고개를 갸웃거릴 때였다. 냅킨 대용으로 자신의 혀끝을 내밀어 입술에 묻은 고추장 양념을 훔치고 있던 영은이가 말을 받았다.

"강희네 엄마가 좀 터프하냐. 덕수를 양재학원에 등록시킨 것도 강희네 엄마였대. 학교 공부는 이제 물 건너갔다고 판단한 거지."

우리들 중에 강희 엄마에 대해 모르는 사람은 없었다. 강희가 여섯 살 되던 해 남편과 이혼한 그는 명동에서 요정을 하고 있었다. 들리는 소문에 의하면 우리 학교도 강희네 엄마로부터 적잖은 후원을 받았다고 했다.

그리고 한 달 후

도루들과 여행을 다녀온 뒤였다. 어디서 무슨 소리를 들었는지 어인실이 잔뜩 부어 있었다.

"누군 좋겠네. 양평에도 다녀오고."

대체 언놈이 고자질을 한 걸까. 기대 형이? 아마 그랬을 거라고 생각했다. 양평에서 돌아왔을 때 기대 형이 인실이가 다녀갔다며 밑반찬을 꺼내 보였던 것이다.

"가면 간다고 말이나 좀 해 주지……. 너 있는 줄 알고 주유소에 갔다가 창피해 죽는 줄 알았단 말이야."

"미안해. 다음엔 꼭 미리 알려 줄게."

"여행은 재밌었어?"

"재밌긴. 다시는 양평 안 간다."

청량리역에서 기차를 탔을 때만 해도 우리는 솜사탕처럼 부풀어 있었다. 찬호의 배낭 속에는 캬, 맥주도 몇 병 짱박혀 있었다. 그렇지만 양평의 두물머리는 소문난 잔치에 먹을 게 없다는 말이 딱 맞았다. 대학생에 가족 단위 피서객들까지, 말 그대로 인산인해였다. 하는 수없이 우리는 제2의 장소를 물색하고 나섰다. 한 시간여를 헤맨 끝에 찾아간 곳은 용문산 자락. 그곳이라고 해서 사정은 크게 다르지 않았다. 까까머리와 단발머리들이 활보하고 다니기에 세상은 너무 넓거나 좁아 보였다. 지나가는 사람들마다 우리를 딴눈으로 쳐다보았다.

이제 본론으로 들어가자는 것인가. 어인실의 손에 《주홍글씨》가 들려 있었다. 짐짓 못 볼 것을 본 양 나는 속으로 투덜거렸다. 책 제목들이 하나같이 왜 저 모양 저 꼴인지……. 읽고 싶은 마음이 싹 달아나 버렸다. 한 가지 다행스러운 점은 나다니엘 호손의 《주홍글씨》는 책의 두께가 생각보다 얇다는 것이다. 한 달 가까이 읽은 《제인 에어》에 비하면 그 양이 절반에도 못 미쳤다.

"하나 더 있는데."

인실이 들고 온 가방을 다시 열었다. 망을 보듯 나는 벤치 주변을 살폈다. 최근 들어 부쩍 늘어난 기대 형의 잔소리 때문이었다. 송분헌을 비롯해 이영은, 서혜지 등 적잖은 여학생들이 주유소를 다녀갔지만 기대 형한테 그들은 한갓 조연에 불과했다. 입만 열었다 하면 기대 형은 어인실 타령이었다. 하나를 보면 열을 안다나? 그리고 여자는 자고로 손맛이 좋아야 한다나? 이제 겨우 스무 살밖에 안 된 기대 형은 그처럼 우리 할머니를 쏙 빼닮은 구석이 많았다. 할머니도 귀에 딱지가 앉도록 이렇게 말했던 것이다. 자고로 여자를 볼 때는 눈매와 입매를 먼저 봐야 한다고. 그 둘에서 여자의 성품이 갈린다나 어쩐다나!

"자 이거."

인실이 가방에서 손수건으로 싼 물건을 꺼내 놓았다. 나는 그것이 샌드위치라는 걸 한눈에 알아차렸다. 주유소 일을 오래 하다 보면 점차적으로 후각이 무뎌진다는 설도 있지만, 아무려면 샌드위치 냄새를 못 맡을까. 제인 에어도 말하지 않았던가. 자신에게 간절했거나 사무친 것들은 그 어떤 순간에도 잊히지 않는 법이라고.

"그거 샌드위치 맞지?"

"어떻게 알았어?"

"척 보면 알지, 뭐!"

그새 기분이 좋아진 난 허겁지겁 샌드위치부터 집어 삼켰다.

언제 먹어도 샌드위치는 씹는 질감이 신선했다. 나라 전체가 목장으로 이뤄져 있다는 뉴질랜드의 푸른 초원이 한 폭 풍경화처럼 펼쳐졌다. 고소하고 비릿한 우유맛과 함께.

"오늘의 퀴즈. 답을 맞히면 다음에 보너스가 주어질 거야. 샌드위치는 어느 나라에서 생겨났게?"

"미국."

"땡!"

"뉴질랜드."

"땡!"

"그럼 뭐야?"

"사실은 나도 재열이 네가 샌드위치를 너무 좋아하는 것 같아서 교수님한테 여쭤 봤어. 교수님이 영국에서 유학을 하셨거든."

"뭐라고 하셨는데?"

"샌드위치는 18세기 후반 존몬택이라는 영국의 정치가에 의해 처음 만들어졌대. 지방의 한 영주였던 존몬택은 카드놀이를 너무 좋아한 나머지 밥 먹는 시간이 아까워 자신이 직접 주방에서 빵을 잘라 야채와 햄을 싸서 먹었는데, 그것이 지금의 샌드위치가 된 거래."

알아서 나쁠 거야 없겠지만 귀에 척 감기지는 않았다. 맛있으면 됐지, 괜히 머리만 아플 따름이었다.

"샌드위치 먹고 있는 모습 보면 어떤 생각 드는 줄 알아? 탐스럽다고 해야 하나."

"창피하게 그런 것까지 훔쳐보냐?"

"당연하지. 아무튼 먹고 있는 모습 보면 너무 좋아. 맛있게 먹어 줘서 항상 고맙고."

그나저나, 이제 입으로 밥을 먹었으니 내일부터는 눈으로 밥을 먹을 차례? 자신도 어느 책에서 봤다며 어인실이 독서를 이렇게 말하곤 했었다. 입으로 먹는 밥은 다음날 하수구를 통해 사라지지만, 눈으로 먹는 밥은 영원히 가슴속에서 파도처럼 출렁인다고.

오늘은 교실에 앉아 있는 것 자체가 고통스러웠다. 담임도 8번 임헌광에서 출석부를 덮어 버렸다.

"해마다 겪는 일인데도 갈수록 어렵구나."

땅이 꺼질 듯이 담임이 한숨을 내쉬었다. 무엇보다 나는 찬호에게 미안해 고개를 들 수 없었다. 제 짝꿍 하나 제대로 챙기지 못하고 그동안 뭘 했느냐며 담임이 호통을 칠 것만 같았다.

"여러분들에게 너무 미안하고, 참 고맙다. 각자 일터에서 제대로 씻지도 못한 채 학교로 달려왔을 여러분들을 생각하면……. 그렇지만 또 어쩌겠느냐. 무리한 부탁인 줄 잘 안다만 남은 기간 동안 유종의 미를 거뒀으면 한다."

마치 큰 죄라도 지은 사람처럼 어두운 표정으로 조회를 마친 뒤였다. 담임을 뒤따라 나도 교실을 나와 버렸다. 더는 학교에 있고 싶지 않았다.

서울대학교 방향으로 한 시간 남짓 걸었을까. 도시에 깃드는 어둠에도 따스한 위로가 스며있다는 사실은 오늘 처음 알았다. 알몸처럼 느껴졌던 내 몸에 누군가 한 겹 한 겹 옷을 입혀 주는 것 같았다. 여럿이 함께보다는 혼자일 때가 더 좋을 때도 있었다.

여덟 시경 주유소로 돌아오자 용길이가 와 있었다. 동수 형과 사무실에서 이야기를 나누고 있던 용길은 나를 보자 밖으로 나가자고 했다.

"조회 끝나고 화장실 가는 줄 알았더니 들어오지 않아서……. 찬호 때문에 그러냐?"

"……."

"기분도 꿀꿀한데 한잔할래?"

"주유소 벤치로 가자. 낙성대는 며칠 전부터 방범대원들이 쫙 깔렸더라."

신용길을 먼저 벤치로 보낸 뒤 나는 가게로 달려갔다.

정식으로 술잔을 받아본 건 열여섯 살 때였다. 잔업을 마치면 가방 공장의 형들은 작업대에 빙 둘러앉아 술을 마시곤 했다. 하루의 피로를 푼다는 전제가 깔렸지만 거기까지는 알 수 없었다. 술로 과연 피로를 씻어낼 수 있을지. 다만 나는 작업대에 놓인 새우깡, 통조림, 마른 오징어 등 안주에 눈이 먼저 갔다. 하지만 거기에도 약간의 절차가 필요했다. 쥐새끼 소리를 듣지 않으려면 형들이 따라 주는 쓰디쓴 소주라도 한 잔 받아 놔야 안주에 손을 뻗칠 수 있었다. 세상 어디든 그렇듯 룰은 존재했다.

소주 한 병과 새우깡을 사서 벤치로 돌아오자 용길이 담배를 피우고 있었다. 이빨로 소주 병뚜껑을 딴 나는 용길의 잔에 술을 채웠다. 언제나 그렇듯이 용길은 오늘도 원샷이었다.

"조회 시간에 담임 얼굴 봤냐. 학교 다니면서 그런 모습은 오늘 처음이었다."

무작정 교실을 뛰쳐나와 어둠 속을 배회할 때였다. 고등공민학교는 8월 검정고시 발표 이후가 더 심각해 보였다. 4월 검정고시 발표가 났을 때는 그래도 희망이 있었지만, 일요일인 어제 공개된 8월 검정고시 발표는 그 길마저 보이지 않았다. 사실 편입 전만 하더라도 나는 이런 생각을 자주 했었다. 축구는 슬라이딩 태클이고, 복싱은 끊임없이 던지는 잽이고, 배구는 시간차 공격이고, 야구는 도루라고. 하지만 오늘은 이런 것들이 다 부질없어 보였다. 담임의 말처럼 마지막 남은 학기를 친구들과 무사히 마칠 수 있을지 그 점이 염려되었다.

20분도 채 안 되어 용길이와 소주 한 병을 다 비운 뒤였다. 알코올 기운에 긴장이 풀린 탓인지 입이 제멋대로 놀았다.

"너는 다음에 무엇이 되어 있을 것 같으냐? 장관? 아님 사장?"

"꿈도 야무지다. 너나 나나 태생이 바닥인데 어느 세월에 거기까지 올라가냐 인마!"

"그러니까 오기로라도 더 박박 기어야 하는 것 아니냐?"

"그게 어디 말처럼 쉽냐. 당장 오늘만 해도 그렇잖아. 최종 발표 한 방에 교실이 텅 빈 것 못 봤냐."

왜 아닐까. 나도 오늘은 충격적이었다. 결석만 자그마치 14명. 이런 경우는 그동안 처음이었다.

"그래도 난 니들하고 학교 다니는 게 좋다. 공장은 쥐약 같았는데 학교는 박카스라고!"

"어쭈구리. 너 지금 동아제약 광고하냐."

킬킬대던 용길이 가방에서 담배를 꺼냈다. 너도 한 대 피워 보라며 권했지만 나는 도리질을 쳤다. 공장에 널린 게 담배여서 시도를 했다가 웩웩. 창자가 끊어질 것 같은 생눈물을 쏟은 뒤로는 얼씬조차 하기 싫었다.

면회

9월 검정고시 발표는 도루들의 모임에도 적잖은 변화를 불러왔다. 운동 경기에서는 스코어가 2대 2면 손에서 진땀이 나지만 도루들 모임은 사정이 좀 달랐다. 4대 3으로 출발한 남녀 비율이 2대 2로 바뀌면서 껄끄러운 장면이 곳곳에서 나타났다. 오늘도 예외는 아니었다.

"얼마 전에 아빠랑 서울대학교로 산책을 다녀왔는데 너무 좋은 거 있지. 공기도 상큼하고."

다른 날보다 두 시간 일찍 수업을 마쳐 다들 들떠 있었다. 서울대학교에 놀러 가자고 바람을 넣은 건 송분헌이었다.

"서울대까지 가는 건 좀 그렇지 않니? 시간도 그렇고……."

"아니야, 영은아. 밤에 갔더니 더 운치 있던걸. 대학생들이 잔디밭에서 기타 치며 노래도 부르고.”

“그래도 난 싫다.”

영은이 딱 끊어서 자신의 입장을 밝힌 뒤였다. 두 사람이 벌이는 실랑이가 영 마음에 들지 않았다. 이것도 저것도 아니면 길거리에서 밤을 새우잔 말인가.

“분헌이 너, 찬호 소식 알고 있니? 전화를 해도 받질 않아서…….”

이번에도 영은이었다. 잔뜩 불만이 쌓인 목소리였다.

“아니. 연락 없었는데.”

“너희들 다퉜니? 다른 사람이라면 또 몰라도 분헌이 네가 찬호 소식을 모른다는 게 좀 그렇잖니.”

“너 진짜 말 이상하게 한다. 내가 마치 찬호의 일거수일투족을 다 꿰고 있어야 하는 것처럼 묻고 있잖아. 그것도 따지듯이.”

“그럼 뭐, 내가 틀린 말이라도 했니. 그동안 너희 둘 사겼잖아.”

“야, 이영은! 말이 너무 심한 거 아냐?”

더는 지켜만 보고 있을 수 없어 말리긴 했지만 분위기는 살얼음판보다 더 차가웠다. 이영은이 손에 창을 쥐고 있다면 송분헌은 방패로 맞서는 꼴이었다.

먼저 자리를 뜬 건 용길이와 영은이었다. 울며 겨자 먹기로 나도 방향이 같은 송분헌과 길동무를 할 수밖에 없었다.

“기분은 좀 풀렸냐?”

“미안하다, 재열아. 이런 모습 보여서…….”

“무슨 그런 말을. 나 편입하던 날 분헌이 네가 찬호와 짝꿍으로 붙여 줬잖아.”

“그걸 기억하고 있구나.”

“잊을 게 따로 있지 그런 걸 잊냐. 근데 분헌아, 찬호랑 무슨 일 있었던 거야?”

송분헌이 들으면 껄끄러울 줄 잘 알면서도 이렇게 밖에 물을 수 없었던 것은 나 또한 답답해서였다. 며칠 전부터 하루도 거르지 않고 통화를 시도했지만 모두 허사였다. 전화를 받은 찬호 어머니는 찬호가 일반 중학교를 다닐 때 사귄 친구들을 다시 만나는 것 같다며 걱정이 태산이었다.

“나도 잘 모르겠어. 찬호랑 2학년 때부터 친하게 지낸 건 맞지만 앞으로도 이어질지는. 너도 알다시피 난 잠퉁이잖니. 해서 요즘 고등학교 진학 문제로 고민 중이야. 주간에 다시 학교를 다니는 건 정말 자신 없거든.”

그러면서 분헌은 어서 빨리 대학생이 됐으면 좋겠다며 푸념을 늘어놓았다. 대학생이 되면 적어도 자신이 직접 강의 시간을 조절할 수 있다면서.

"나도 너한테 물어볼 게 있어. 너 혹시, 어인실과 사귀니?"

"니가 그걸 어떻게……?"

너무 놀란 나머지 나는 말끝을 잇지 못했다. 신용길 외에는 아무도 여기에 대해 아는 사람이 없었던 것이다.

"너 그거, 누구한테 들었는데?"

"어디서 들은 건 아니고, 그냥 내 느낌이 그랬어. 두 사람이 사귄다면 잘 어울릴 것 같았고."

"그 말 진심이니?"

"왜, 나한테 들켰다고 생각하니까 어색하니? 그럴 필요 없어. 진심이니까. 솔직히 우리 반에서 어인실만한 애가 어딨니."

송분헌이 칭찬을? 나는 몹시 혼란스러웠다. 그만큼 송분헌과 어인실은 반에서 라이벌로 통했던 것이다. 실제로 학급 회의 시간에 보면 두 사람은 한 치의 양보도 없이 서로 맞설 때가 많았다. 지난번 학급 회의 때만 해도 그랬다. 월 1,000원씩 냈던 반 운영비를 2,000원으로 올려야 한다는 송분헌의 주장에 반대 의견을 제시한 사람은 어인실이었다. 주경야독을 하는 반 친구들의 사정을 고려하지 못한 제안이라며 조목조목 반박하고 나섰다.

"라이벌이라고 해서 꼭 나쁜 것만은 아니잖니. 조용한 학급 회의보다는 다양한 의견들이 쏟아져 나올 때 더 흥미롭고 알찬 학급 회의가 되는 것 아닐까? 나는 그렇게 생각해. 헌법에도 명시되어 있는 것처럼 우리나라는 민주주의 국가잖니."

헌법? 민주주의? 사회 과목 시간에 배운 건 맞지만 솔직히 나한테는 공허한 메아리에 불과했다. 자신의 의견을 소신껏 제시한다는 게 어디 말이 될 소린가. 교과서에서 배운 대로 행동했다간 왕따를 당하거나 패가망신할 수도 있었다. 그러므로 우리나라에서는 학교 따로 사회 따로 직장 따로 정부 따로 정치 따로 법 따로 부자 따로 가난 따로 부모 따로 나 따로 등등 각자 알아서 놀 수밖에 없었다.

"오늘도 집까지 바래다줘서 고마워. 그리고 이건 내 진심인데 재열아, 어인실과 정말 잘되길 기도할게."

아, 이럴 때 기분을 뭐라고 설명해야 하나? 송분헌과 헤어져 주유소로 향하면서도 나는 그 답을 내리지 못했다.

오후 두 시경이었다. 잠결에 전화를 받은 나는 숨이 멎는 줄 알았다. 자신의 소속을 밝힌 경찰관은 용길이가 나를 찾고 있다며 그의 근황을 알려 주었다. 통화를 마친 나는 기숙사로 뛰어 들어가 옷부터 갈아입었다.

주유소에서 관악경찰서까지는 버스로 네 정거장. 경찰서 건물을 보는 순간 긴장이 파도처럼 몰려왔다. 그런가 하면 경찰서 정문을 지키는 전투 경찰이 가로막는 바람에 온몸이 부들부들 떨렸다.

"너 혼자 온 거야?"

"예."

"신분증은?"

순간, 아차 싶었다. 주유소에서 급히 나오느라 교복 바지에 학생증을 두고 온 것이다.

"학생증을 소지했더라도 아마 넌 어려울 거야. 미성년자는 경찰서 출입을 금하고 있거든."

"그게 아니라, 장태경 경찰관이 전화를 해서 왔는데요."

"그래? 그럼 내가 연락을 취해 볼 테니 넌 여기서 잠깐만 기다려라."

허리춤에 권총을 찬 전투 경찰이 입구 안내실로 들어간 뒤였다. 초조한 가운데 나는 그 다음 차례를 기다렸다.

"저기 본관 건물 보이지? 실내 계단을 타고 2층으로 올라가면 우측에 형사2계가 나올 거야. 그곳으로 가면 된다."

"고맙습니다."

전투 경찰이 일러 준 대로 정문을 통과해 경찰서 본관 건물로 향할 때였다. 분명 걸음을 내딛고 있는데도 아무런 감각을 느낄 수가 없었다. 귀에 들려오는 거라곤 온통 심장 뛰는 소리뿐이었다.

"생각보다 빨리 왔네. 지하로 내려가자."

장태경 형사를 뒤따라 지하 1층으로 다시 내려가는 길이었다. 방금 전 2층으로 올라올 적엔 심장 박동이 정신을 혼미케 하더니, 이번에는 두 다리가 후들거렸다. 올라온 길보다 계단을 타고 내려가는 길이 더 힘들었다.

"여기 잠깐 앉아 있어라."

경찰서 유치장 대기실은 언젠가 한 번 본 적 있는 병원 응급실 보호자실과 흡사했다. 사람들의 표정이 하나같이 어둡고 초조해 보였다. 쉰쯤 되어 보이는 한 아주머니는 벌써부터 눈물이 그렁그렁한 채였다. 나는 어금니를 꽉 사려물었다.

장태경 형사가 나를 데려간 곳은 아크릴 칸막이가 설치된 면회실이었다. 닫힌 공간 때문인지 몸이 저절로 움츠러들었다.

"왔냐?"

어쩜, 저럴 수가……! 먼저 와 있는 용길이 손에 수갑을 찬 채 웃고 있었다. 유치장에 갇힌 사람치고는 상당히 여유가 있어 보였다. 웃음을 가장한 채 나도 면회실 의자를 바투 앞으로 당겨 앉았다. 두 사람을 갈라놓은 뿌연 칸막이 때문에 용길이의 목소리가 잘 들리지 않았다.

"무슨 일인데……?"

"별것 아니다. 올 초부터 내 자리(구두닦이)를 노리는 놈이 있었는데 오늘 결국 일이 터진 것뿐이다. 먼저 시비를 걸기에 상대해 줬더니 경찰이 바로 달려오지 뭐냐. 아무래도 그 새끼가 미리 꼼수를 쓴 것 같다."

이 이야기라면 몇 번 들은 적 있었다. 그러니까 신용길을 가시처럼 여기는 쪽에서 먼저 두 가지 제안을 해왔다. 자신들 밑으로 들어오던가 아니면 지금의 자리를 내놓던가. 하지만 용길은 그들의 요구에 응하지 않았다. 자신은 공부를 하기 위해 구두를 닦는 것이지 직업적인 구두닦이가 될 생각은 조금도 없다면서.

"그럼 내가 할 일은?"

"일단 집에 좀 다녀와라. 우리 엄마한테는 학교에 일이 생겨 그런다며 네가 대충 둘러대고."

"다른 건 없고?"

"좀 더 지켜봐야 하니까 친구들한테는 비밀로 해라. 담임 선생님도 마찬가지고."

용길이와 면회를 마치고 면회실 문을 나설 때였다. 밖에서 기다리고 있던 장태경 형사가 나를 불렀다.

"이름이 재열이라고 했던가?

"예."

"신용길과 막역한 사이인 것 같아 물어보는 건데, 혹시 용길이가 소년원에 다녀온 걸 알고 있나 해서."

"아니요. 처음 듣습니다."

"그래? 아무튼 이번 건은 좀 골치 아프게 생겼다. 지구대를 거치지 않고 경찰서로 연행돼 오는 바람에……. 나도 최선을 다해 보겠지만 너무 큰 기대는 하지 마라."

"네. 고맙습니다."

장태경 형사와 헤어져 경찰서를 나오는 길이었다. 오전에 벌어진 사건도 사건이지만, 용길이가 소년원 출신이었다는 게 더 충격적이었다. 그래서 녀석의 몸집이 그처럼 나이에 걸맞지 않게 단단했던 걸까? 조금 전 면회실에서 보여 준 녀석의 태연한 모습도 심상치가 않았다.

주유소에 들러 교복으로 갈아입은 나는 학교를 향해 내달렸다. 면회실에서 만난 신용길은 이 사실을 아무에게도 알리지 말라고 했지만, 장태경 형사의 이야기를 듣는 순간 마음이 곧 바뀌었다. 용길이를 저대로 그냥 뒀다간 영영 못 볼 수도 있다는 생각이 들었다. 그리고 그때 섬광처럼 떠오른 사람은 담임이었다. 심수하 선생님이 주유소로 찾아왔을 때 내게 말해 주지 않았던가. 우리 담임이 법대를 나왔다고.

"이 시간에 네가 무슨 일이냐?"

주간부와 야간부를 겸하고 있는 담임은 교무실에 있었다. 조금 이른 시각이라 그런지 담임은 서류를 정리하다 말고 의자를 돌려 앉았다.

"실은, 신용길이 일로 찾아왔습니다."

이미 작정한 대로 나는 그동안에 있었던 일을 담임에게 사실대로 털어놓았다. 일순 담임의 얼굴빛이 하얗게 변했다.

"방금 그 형사 이름이 뭐라고 했냐?"

"형사2계 장태경입니다."

"장태경? 알았다. 내가 곧 알아볼 테니 재열이 넌 교실에 가 있어라."

"그리고 선생님. 2교시 수업 마치고 조퇴를 했으면 합니다."

“조퇴를……?”

“용길이네 집을 잠깐 다녀올까 합니다. 용길이가 저한테 따로 부탁한 것도 있고요.”

“내가 미처 그 생각을 못했구나. 수업은 걱정 말고 다녀와라. 용길이 어머니께서 걱정하시지 않게 재열이 네가 말씀 잘 드리고.”

교무실에서 나온 나는 교실로 가려다 말고 발길을 가게로 돌렸다. 갑자기 허기가 몰려왔다.

빵과 우유를 사서 허기긴 배부터 채운 나는 교실에 먼저 와 있는 어인실에게 우유를 내밀었다.

“웬 우유야?”

“나만 먹기가 좀 그래서…….”

“그런데 무슨 일 있었니? 얼굴이 몹시 피곤해 보이는 것 같아서.”

손에 우유를 쥔 채 어인실이 내 표정을 살피려 할 때였다. 애써 나는 검정고시를 꺼내 들었다.

“며칠 전부터 본격적으로 대입검정을 시작했잖냐. 그래서 그럴 거다. 잠자는 시간을 줄였거든.”

“아무튼 대단해요. 고입 때처럼 대입도 혼자서 할 거잖아.”

"공부란 원래 그렇게 하는 거야. 그리고 나 초등학교 다닐 때 공부를 얼마나 잘했는데. 전교 부회장까지 했다면 믿을라나."

"그게 사실이야?"

"아니면 말고."

"아니야, 아니야. 재열이 너라면 충분히 그러고도 남았을 거야. 우리와 다르게 너는 한 과목씩 집중적으로 물고 늘어지잖아."

하지만 오늘은 내 귀가 반쯤 닫힌 상태였다. 무슨 말을 들어도 별로 즐겁지가 않았다. 어인실과 이야기를 나누면서도 마음은 다른 곳에 가 있었다.

2교시 수업을 마치고 밖으로 나온 나는 슈퍼마켓에 들러 주스를 한 병 샀다. 이것도 할머니가 가르쳐 준 것으로, 손님으로 찾아갈 때는 되도록 빈손으로 가지 말라고 하셨다. 또 하나 서울에서의 생활은 나에게 절제의 필요성을 가르쳐 주었다. 월급을 탔다고 해서 왕창 쓸 수도 없거니와, 그 돈으로 한 달을 살아야 했다.

"어머니, 저예요. 재열입니다."

골목길 방에 불이 켜져 있는 걸 확인한 나는 문을 두드렸다.

용길의 아버지는 용길이가 네 살 때 돌아가셨고, 용길의 어머니는 봉재 공장을 다니고 있었다.

"재열이라고? 이 시간에 니가 어쩐 일로……."

부엌에서 저녁을 준비하고 있던 용길의 어머니가 문을 열더니 덥석 내 손을 잡아 쥐었다.

"담임 선생님이 다녀오라고 해서요. 용길이가 방금 담임 선생님이랑 수학여행 답사를 떠났거든요."

"아침에 그런 말이 없었는데……?"

"아마 그랬을 거예요. 수업 시작할 때 갑자기 설악산을 다녀오기로 결정이 났거든요."

"그런 일이 있었구나. 그나저나, 저녁은 먹었니?"

"예, 어머니. 먹었습니다."

진땀이 좀 나긴 했지만 수학여행 답사 말고는 마땅히 둘러댈 게 없었다. 그리고 최하 2박 3일 정도는 시간을 벌어 놔야 한다는 생각뿐이었다.

"전 이제 가보겠습니다."

"벌써 가려고? 오늘은 반찬이 마땅찮으니 나중에 꼭 밥 먹으러 와야 한다?"

"네, 어머니. 용길이 돌아오면 그렇게 하겠습니다."

더 앉아 있으면 어머니의 얼굴을 차마 못 볼 것 같아 나는 서둘러 단칸방을 나왔다. 정말이지 오늘은 경찰서로 학교로 용길이네 집으로 정신이 하나도 없었다. 주유소로 빨리 돌아가 잠부터 자고 싶었다.

김대수 선생님

일을 마친 나는 학교로 달려갔다. 오전 내내 장태경 형사의 전화를 기다렸지만 끝내 오지 않았다. 그렇다면 이제 용길이를 구해 줄 수 있는 사람은 담임밖에 없었다.

"아직은 때가 아닌 것 같으니 조금만 더 기다려 보자구나."

담임도 나처럼 잠을 설친 걸까. 하룻밤 사이에 얼굴이 까칠해 보였다.

"선생님 그러면, 저라도 다녀오면 안 될까요?"

"경찰서에 말이냐?"

"예."

"글쎄다. 오늘은 어려울 텐데……."

잔뜩 기대를 하고 달려온 나로서는 초조해 견딜 수가 없었다. 어제 용길의 어머니를 찾아가 말한 대로라면 용길이가 내일까지는 돌아와야 했던 것이다.

이곳에서 잠깐 기다리라며 담임이 자리를 비운 뒤였다. 같은 학교라도 주간부 교사들은 왠지 낯설어 보였다. 어색한 나머지 나는 교무실을 나와 버렸다. 복도에서 기다리는 게 훨씬 편했다.

어디를 가셨나 했더니 담임이 교장실에서 나오고 있었다. 나를 본 담임은 함께 가도 좋다고 했다. 택시가 정차한 곳은 관악경찰서 건너편 법률사무소 앞이었다.

"들어가자."

택시에서 내린 나는 담임을 따라 2층으로 올라갔다. 사무실 문을 열고 안으로 들어서자, 밖에서 볼 때와 딴판으로 실내가 제법 넓은 편이었다. 눈에 보이는 직원만도 넷이나 되었다.

"그렇잖아도 오전에 조 검사가 전화했더라. 그러게 지금이라도 학교 때려치우고 나랑 같이 일하면 좀 좋아."

"이 사람이 이거? 제자 앞에서 못하는 소리가 없구먼."

"어이쿠! 내가 깜빡했다. 미안해요, 학생? 학생 담임과 내가 워낙 허물없는 사이라서……."

사내가 민망한 듯 나를 보며 코맹맹이 소리로 눈을 깜빡였다. 괜찮다는 의사 표시로 가볍게 목례를 한 나는 그제야 일이 돌아가는 사정을 짐작할 수 있었다. 방금 사내가 여직원이 내온 음료를 마시며 이런 말을 했던 것이다. 어제부터 너희 담임이 똥줄이 탄다고.

저분이 아까 말한 그 조 검사? 검정 양복을 매끈하게 차려입은 사내가 나타나자 사무실 분위기도 갑자기 바뀌었다. 일하고 있던 직원들이 동시에 자리에서 일어나더니 머리가 바닥에 닿도록 인사를 했다.

"대수가 무섭긴 무서운 모양이다. 내가 부르면 코로 방귀도 안 뀌던 천하의 조 검사께서 대수 네가 부르니까 한달음에 달려오잖니."

"검사가 뭐 대수냐. 학생들 가르치는 대수가 진짜배기지. 생각해 봐라. 나야 죄지은 사람들 잡아넣으면 그걸로 끝이지만 대수는 길이길이 복 받을 일만 하잖냐."

"그건 조 검사 말이 맞다. 대수 저놈 대학 다닐 때도 야학 꾸린다며 꽤 열심히 뛰어다녔잖냐. 누구에게라도 교육의 기회는 동등해야 한다면서."

검사와 법률가, 그리고 내 맞은편에 앉아 있는 고등공민학교 교사. 세 사람이 소파에 앉아 담소를 나눌 때였다. 내 시선이 가

닿은 곳은 세 사람의 옷차림이었다. 양복을 걸친 두 사람에 비하면 우리 담임의 점퍼 차림이 너무 후줄근해 보였다. 그런 선생님이 조 검사에게 모종의 부탁을 하고 있었다.

"조 검사 그거 알아? 내가 낳은 자식은 얼마든 미워할 수 있어도 가르치는 학생들한테는 그럴 수 없다는 거."

"왜 모르겠나, 이 사람아. 법의 첫 번째 원리가 바로 죄는 미워도 사람까지 미워해선 안 된다는 것 아닌가."

그러고 보니 나도 생각났다. 며칠 전부터 읽기 시작한 《주홍글씨》의 헤스터 프린이다. 결혼도 하지 않은 상태에서 딸을 낳았다는 죄목으로 처형대에 선 헤스터 프린. 그는 묘한 감흥을 불러일으켰다. 죽을 때까지 평생을 가슴에 달고 살아야 하는 치욕의 주홍글씨 'A'(Adultery)가 나를 더욱더 강하게 빨아들였다고 할까. 《주홍글씨》를 읽으면서 나는 떡볶이집 이모와 가방공장에서 만난 아주머니를 동시에 떠올렸다. 두 사람 모두 헤스터 프린과 크게 달라 보이지 않았다.

"재열이는 잠깐, 먼저 내려가 있어라. 곧 뒤따라갈 테니."

"네, 선생님."

그렇지 않아도 자리가 몹시 불편하던 참이었다. 해서 나는 담임의 말이 떨어지기 바쁘게 사무실을 빠져나왔다.

담임이 2층 사무실에서 밖으로 나온 건 십 분쯤 지나서였다. 장태경 형사에게 전화를 해 뒀다며 용길이를 보고 싶으면 다녀와도 좋다고 했다.

"그리고 이건 용길이 사식 넣어 줘라. 내가 여기 왔었다는 말은 하지 말고."

그러면서 담임이 지갑에서 만 원 권 지폐를 꺼내 주었다.

허둥댔던 어제에 비하면 오늘은 긴장감이 배로 줄어들었다. 장태경 형사도 더 친근하게 느껴졌다. 조금 놀라운 점은 면회실로 들어서는 용길의 모습이었다. 손목과 손목을 연결한 수갑이 보이지 않았다.

"수갑은?"

"글쎄. 장 형사가 오더니 바로 풀어 주더라."

일단은 속이 후련했다. 어제 잠깐 면회를 하면서도 용길의 수갑 찬 모습이 내내 걸렸던 것이다.

"어머니한테는 어제 다녀왔다. 담임한테도 알아서 둘러댔고."

"수고했다."

이중첩자가 된 듯해 편치는 않았지만 지금으로서는 어쩔 수 없었다. 이쪽을 속이든 저쪽을 속이든 용길이 편에 서 있고 싶었다. 저 친구가 아프면 나도 아플 것 같은, 나한테 용길이는 그런 친구였다.

"근데 용길아. 사식이 뭐냐?"

"생긴 것하고는……. 넌 〈수사반장〉도 못 봤냐. 경찰서나 빵에 갇힌 사람들한테 먹을 것 사서 넣어 주는 거다."

"아, 이제 알겠다! 그게 그거였구나."

담임이 사식을 넣어 주라고 돈을 줄 때만 해도 나는 긴가민가했었다. 조식 · 중식 · 석식 · 야식까지는 들어 봤어도 사식은 금시초문이었던 것이다. 하지만 난 용길의 핀잔에도 침착하려 애썼다. 담임과 한 약속을 지키려면 이쯤에서 잠자코 있는 게 좋았다.

유치장에 들어간 지 사흘 만이었다. 경찰서 입구에서 용길의 석방을 기다리고 있던 나는 녀석과 뜨겁게 얼싸안았다.

"기분이 어떠냐. 하늘 보니까 좋지?"

"고맙다, 재열아. 이번엔 솔직히 콩밥 좀 먹을 줄 알았다."

"그딴 소린 나중에 하고, 우리 어디 갈까. 목욕탕 갈까?"

"그럴까?"

바닷가 마을에서 나고 자란 나는 물만 보면 사족을 못 썼다.

특히 도시의 목욕탕은 혼자 갔을 때보다 동무가 있을 때 더 즐거웠다. 탕에 들어가 십여 분가량 몸을 불린 뒤 가위바위보로 때밀어 주기 순서를 정할 때면, 그동안 쌓인 스트레스가 말끔히 사라지는 것 같았다.

날이 날인지라 오늘은 용길이와 삼판이승제로 순서를 정했다.

"어휴, 때 좀 봐라. 넌 목욕도 안 하고 사냐?"

"야 씨이. 귀 안 먹었으니까 목소리 좀 낮춰라. 쪽팔리잖아 새꺄!"

"그러게 누가 이러고 다니라든. 자 봐라, 인마!"

장난삼아 나는 때타월로 밀어낸 시커먼 때를 엄지와 검지로 집어 용길이 눈앞에다 들이밀었다. 그제야 물증을 확인한 녀석은 고개를 절레절레 내젓더니 딴전을 피웠다.

"이상하다. 내 몸이 원래 때가 잘 안 나오는 편인데……."

"내 그 말 나올 줄 알았다. 주제 파악 못하는 것들이 꼭 물귀신 작전을 펴요."

"너 정말 영감탱이처럼 계속 잔소리 늘어놓을래. 그럴 거면 그만 밀어 새꺄!"

"안 그래도 다 밀었다. 짜샤!"

나는 소의 엉덩이를 내갈기듯 용길의 등짝을 손바닥으로 힘차게 내려쳤다. 그런 다음 바가지로 탕의 물을 떠서 녀석의 등에 쫙쫙 끼얹은 후, 이번에는 내가 등을 돌리고 앉았다. 지금 바로 이 순간처럼 행복하고 평온한 시간이 또 있을까! 한 달에 두 번씩 용길에게 등을 내맡기고 나면 스르르 눈부터 감겼다.

목욕을 다 마친 우리는 학교로 향했다. 점심시간을 맞은 학교는 매우 소란스러웠다. 주간부 남학생들이 여느 시골집 마당 면적의 공터에서 슛슛, 농구를 하고 있었다. 걸음을 멈춘 채 잠시 그 광경을 지켜보았다. 야간부 시간표에는 체육 시간이 아예 없기 때문이다. 그뿐만 아니라 야간부는 모든 면에서 주간부를 따라갈 수 없었다. 학생 수도 주간부가 세 배나 더 많고, 3학년의 경우 검정고시 합격률도 70퍼센트를 웃돌았다.

"선생님 죄송합니다. 그리고 정말 감사합니다."

목욕탕에서 미리 귀띔해 준 대로 용길은 담임을 보자마자 넙죽 고개부터 숙였다.

"내가 뭘 했다고……. 그건 그렇고 용길아, 앞으로 어떡할 셈이냐? 구두 닦는 일 말이다."

"며칠 더 지켜봐야 할 것 같습니다."

목욕탕에서 나오는 길이었다. 담임을 만나기 전에 확인할 게 있다면서 찾아간 곳은 용길의 일터였다. 다행히도 용길의 일터에는 이번 사건과 관련된 사람들이 아직 보이지 않았다.

"웬만하면 이번에 그만두지 그러냐. 내가 일자리 좀 알아봐 주렴."

"아닙니다, 선생님. 제 힘으로 해 보고 안 되면 그때 다시 말씀 드리겠습니다."

"그럼 그렇게 해라. 대신 각별히 조심해야 한다. 절대 먼저 덤비지 말고!"

"명심하겠습니다."

모름지기 김대수 선생님한테서는 이렇듯 으흠, 헛기침 뒤에 따라붙는 묘한 뭉클함이 있었다. 간략하면서도 선이 굵은. 그런 점에서 보면 오늘은 병살타 이후 투 아웃 상황에서 기습 번트로 1루를 다시 밟은 기분이었다.

초대를 받다

주유소 일을 하면서 통째로 하루를 쉬기란 말처럼 쉬운 게 아니었다. 파트타임은 지하철 순환선과 닮은 점이 많았다. 돌고, 돌고, 또 돌고…… 지체하지 않고 돌아야만 서로 웃을 수 있었다.

물론 주유소 일도 한 달에 한 번씩 놀 수는 있다. 그렇지만 거기에는 동료들의 희생이 뒤따르게 마련이다. 지난 일요일이었다. 도루들과 양평을 다녀온 죄로 갚아야 할 빚이 생겼다. 거짓말 않고 그날은 죽는 알았다. 새벽 4시에 기상해 오후 7시까지, 혼자서 꼬박 15시간을 일해야 했다.

하지만 이번에는 나와 휴일을 바꾸자는 동수 형의 제안을 그 자리에서 거절하고 말았다. 난생처음 초대를 받은 것이다. 무슨 일인지는 잘 모르겠지만 어인실은 날짜를 일요일 오전 9시로 못을 박았다.

아침 일찍 목욕탕을 다녀온 나는 여덟 시경 버스에 올랐다. 맨 뒷좌석에 앉아 버스를 타고 내리는 승객들을 지켜보는 일이 그저 신기할 따름이었다. 서울 생활도 4년째로 접어들고 있지만 이 시간에 버스를 타는 건 극히 드문 일이었다. 공장과 주유소, 학교를 제외하면 서울은 다람쥐 쳇바퀴나 다름없었다.

289번 버스는 인실이가 알려준 신림여중 앞에 정차했다.

"우와, 정말 왔네? 고마워, 재열아! 내 초대에 응해 줘서."

"여기서 멀어?"

"아니. 조금만 걸어가면 돼."

나는 목적지를 물어볼까 하다 그만두었다. 첫 초대를 그런 식으로 망치고 싶지 않았다. 대신 나는 신길동 우신극장에서 관람한 〈사운드 오브 뮤직〉의 여주인공을 떠올렸다. 〈도레미송〉에서 도는 암사슴을 의미하고, 레는 태양에서 내리쬐는 한줄기 볕을, 미는 내가 내 자신을 부를 때를 가리키며, 파는 뛰어가기에도 오래 걸리는 길이라고 했던가. 그리고 솔은 바느질을, 라는 솔 다음에 치는 건반을, 시는 빵에다 잼을 발라 먹을 때 곁들여 마시는 음료라고 했었다.

"저기야!"

어인실이 손으로 어딘가를 가리켰다. 하마터면 나는 발을 헛디딜 뻔했다.

"저건, 성당이잖아?"

"그래 맞아. 내가 다니는 성당이야."

한 달 전부터 초대하고 싶다던 곳이 성당으로 드러나자 나는 실망감을 감추지 못했다. 교회나 성당을 가본 적도 없지만, 가고 싶지도 않았다.

"나 그냥 갈래."

"왜, 실망했어?"

"별로 내키지 않아서……."

성당을 십여 미터 남겨둔 지점에서 막 돌아설 때였다. 그때 누군가 어인실을 부르고 있었다. 성당을 향해 걸어오고 있는 어떤 남학생이었다.

"인실이가 초대하고 싶다던 그 친구야?"

"네. 오빠."

네, 오빠? 잘들 논다. 나는 배알이 꼴려 미칠 것만 같았다.

"반갑습니다, 형제님. 우리 성당에 오신 것을 진심으로 환영합니다."

순둥이처럼 생긴 남학생이 불쑥 손을 내밀었다. 망설일 새도 없이 나는 얼떨결에 그의 손을 잡고 말았다. 찝찝한 악수였다.

"그런데 들어가지 않고 왜 여기 서 있니?"

"먼저 들어가세요, 오빠. 친구와 잠깐 할 얘기가 있어서요."

"그래? 그럼 형제님, 좀 있다 봐요."

상황은 거기서 끝나지 않았다. 쓰레기차가 지나가자 똥차들이 몰려오고 있었다. 성당을 향해 걸어오고 있는 학생들마다 어인실을 발견하고는 그냥 지나치지 않았다.

그렇게 한 오 분쯤 지났을까. 가까스로 한숨 돌리고 나자 어인실이 먼저 입을 열었다.

"정말 갈 거야? 나를 위해서라도 오늘 한 번만 초대에 응해 주면 안 되겠니? 부탁할게 재열아."

"그럼 미리 성당이라고 말해 줬어야 할 것 아냐!"

한마디로 나는 기분이 잡칠 대로 잡쳐 버렸다. 하고많은 곳 중에 첫 초대를 받은 장소가 왜 성당이란 말인가.

그렇지만 발을 빼기에도 이미 마땅치 않아 보였다. 하필 성당이 골목 안에 있는데다, 그때 마침 뎅그렁 뎅그렁 미사를 알리는 종이 울리자 조금 전보다 훨씬 더 많은 학생들이 성당을 향해 허겁지겁 뛰어오고 있었다. 그 물결에 휩쓸리듯 등을 떠밀린 건 그야말로 삽시간이었다.

중고생 합해 칠십여 명쯤 될까. 나는 맨 뒷줄에 앉았다. 어인실이 손을 잡아끌며 그보다 앞자리를 권했지만 내키지 않았다. 성당 안에 들어와 있는 것만으로도 피돌기가 멈춰 버릴 것 같았다.

"지금은 묵상 시간이야."

어인실이 귀엣말을 하듯 속삭인 뒤 가방에서 무언가를 꺼냈다. 영화에서 몇 번 본 적 있는 미사포라는 거였다. 손수건 크기의 미사포를 펼쳐 머리에 쓴 어인실은 성호를 그은 뒤, 자신의 두 손을 합장하듯 공손히 가슴께에 모아 고개를 숙였다. 아이 씨, 그럼 난 어쩌라고……! 뿔 달린 짐승마냥 고개를 쳐들고 있으려니 그것도 못할 짓이었다. 해서 나는 에라 모르겠다, 죽는 시늉을 하듯 고개를 처박았다.

지루하고 따분하기 그지없는 내 귀가 번쩍 뜨인 건 강대상 쪽에서 노래가 울려 퍼질 때였다. 이십여 명의 학생들로 구성된 성가대였다.

"어쭈! 노래는 좀 하네."

"저건 노래가 아니고 성가야."

잘난 척하긴. 어인실이 짖거나 말거나 나는 눈을 감은 채 노래를 감상했다. 라이브로 노래를 듣는 게 얼마만인지 몰랐다. 가방 공장 월급날이면 한잔 걸친 고참들이 쉬어터진 목소리로 생음악을 들려주었던 것이다.

성가대 합창에 이어 신부님의 강론이 시작되었다. 하나둘씩, 성당 안 풍경들이 눈에 들어왔다. 고난과 가난과 피의 부활을 상징하는 십자가, 엄숙함을 자아내는 강대상, 강대상 위에 놓인 금빛 종, 어둠을 밝히고 축복을 전하는 몇 자루의 촛불……. 그중에서 내 시선을 확 잡아끈 것은 유리창을 수놓은 성화였다. 빛과 어우러진 성화는 이 창문에서 저 창문으로, 시선을 옮길 때마다 한 떨기 꽃으로 피어났다.

미사가 끝났을 때 어인실이 나를 보며 어떡할 거냐고 물었다. 자신은 미사 후 학생부 모임이 있다고 했다.

"모임에 같이 가도 되는데……. 사실은 오늘 초대 받은 사람들의 자리이기도 하고."

"난 그냥 주유소로 갈게."

"그럼 잠깐만 기다려줄 수 있어? 이야기하고 곧 나올게."

마지못해 고개를 끄덕인 난 성당 밖으로 나왔다. 이제야 좀 숨을 쉴 것 같았다.

어인실을 기다릴 때였다. 국어사전이 옆에 있다면 꼭 확인해 보고 싶은 단어가 있었다. 전지전능. 누구를 위한 단어였을까? 인간이 사용할 수 있는 단어는 아닌 듯했다. 왕보다는 대통령이 한 수 아래일 거라는 생각이 들었고, 그렇다면 전지전능은 그 위에?

또 하나 궁금한 점은 안젤라였다. 미사를 다 마친 후 젊은 신부가 다가오더니 어인실을 보며 안젤라라고 불렀다. 안젤라, 안젤라, 안젤라. 부르면 부를수록 달콤한 체리 향이 느껴졌다.

"내 세례명이야. 안젤라 메리치는 이탈리아에서 출생한 성녀님이시고."

괜히 물었나. 생각보다 일이 복잡해지고 말았다. '안젤라'라는 자물쇠만 따면 달콤한 체리 향이 느껴질 줄 알았으나 그게 아니었다. 이탈리아 성녀에, 동정녀까지 긁어 부스럼이 따로 없었다.

"오늘은 내가 근사한 점심 살게."

듣던 중 반가운 소리였다. 이제야 비로소 초대의 맛이 났다.

관악산 자락에 자리 잡은 서울대학교 교정을 둘러본 뒤, 인근 먹자골목으로 들어설 때였다. 끽해야 짜장면 정도를 예상했던 나는 그만 눈이 휘둥그레지고 말았다. 어인실이 정말로 제법 근사해 보이는 레스토랑 건물 앞에서 걸음을 멈추지 뭔가.

"왜 그러고 있어. 안 들어갈 거야?"

"응, 들어갈 거야."

1층 입구에서 쭈뼛거리던 나는 똥마려운 강아지처럼 인실을 따라 2층으로 올라갔다. 어떻게든 표정을 들키지 않으려고 내 딴에는 안간힘을 쓰는 중이었다. 그러나 내 한계는 거기까지였다.

식당 안으로 들어선 나는 입을 다물 수가 없었다. 우선 테이블이 무척 고급스러워 보였다. 영화에서 봤던 유럽의 고풍스런 장면들이 바로 코앞에서 펼쳐졌다. 실내조명과 잘 어우러진 음악도 나를 숨죽이게 만들었다. 어느 잔잔한 호수에 와 있는 듯했다. 우리 둘은 바깥 풍경이 환히 드러나 보이는 창가 테이블에 앉았다. 창 너머로 아름드리 은행나무 잎들이 건듯건듯 가을 그네를 타고 있었다.

"이런 데 자주 와?"

"한 달에 한 번 정도? 교수님 출장 가시면 사모님이 이곳에서 외식을 시켜 줘."

부럽다는 생각은 들지 않았다. 그보다 더 힘든 건 어떤 거리감이었다. 엇비슷하게 돈을 벌고 같은 학교를 다니고 있음에도 어인실은 나와 노는 물이 달라 보였다. 수프가 담긴 접시에 후춧가루를 적당량 뿌려 먹을 때는 요식 행위도 삶의 한 일부분이라는 것을 알 수 있었다. 그 다음 순서로 테이블 위에 젓가락 대신 포크가, 칼 대신 나이프가 가지런히 놓였던 것이다.

돈가스를 나이프로 썰어(여기까지를 '칼질'이라고 하던가?) 입에 막 밀어 넣을 때였다. 방싯 웃으며 인실이가 나를 지켜보고 있었다.

"맛 어때?"

"맛이야 뭐. 근데 양이 좀 적은 것 같다."

때로 솔직한 것도 병일까. 있는 그대로를 말했을 뿐인데 인실이가 자기 접시에 담긴 돈가스 절반을 뚝 썰어 내 접시에 담아 주었다. 그만 머쓱해진 난 할 말을 잃은 채 먹는 속도를 늦추었다. 가을바람에 실려 오는 실내 음악이 나를 그렇게 조종하고 있었다. 공장이나 주유소에서 밥을 먹을 때처럼 마파람에 게 눈 감추듯 돈가스를 먹었다간 분위기를 확 깨트릴 것 같았다.

"고등학교 진학은 정말 포기한 거야? 알고 있으면서도 자꾸 묻게 되네."

"그러는 넌 어떡할 건데?"

"서울여상 가려고. 은행원이 되는 게 내 꿈이었거든."

꿈? 참으로 오랜만에 들어 보는 말이었다. 도루들과 모였을 때도 이 이야기만큼은 서로 금기시했던 것이다. 특히나 검정고시 발표 이후에는 더 꺼리는 눈치였다.

"서울여상 엄청 쎄지 않아?"

"그래도 한번 도전해 볼 거야. 은행원이 되려면 그 길이 가장 빠른 길이기도 하고."

어인실의 꿈이 저토록 확고하다면 만류할 생각은 없었다. 그렇지만 걱정이 되는 것도 사실이었다. 정규 중학교 학생들조차 넘보기 힘들 정도로 서울여상 입학 경쟁률이 장난이 아니었던 것이다.

"대입검정고시 마치면 그 다음엔 어떻게 할 거야?"

"거기까지는 아직……."

숟가락 대신 나이프를 사용해 그런가. 어인실의 초대가 싫지는 않았다. 돈가스를 썰어가며 서로의 미래를 이야기할 수 있다는 것만으로도 충분한 값어치가 있어 보였다. 양식은 그런 장점이 있었다. 서두르지 않고 천천히 대화를 나눌 수 있는.

어인실과 헤어져 주유소로 돌아가는 길이었다. 꿈에 대한 여운도 잠시, 약간의 두려움이 일렁였다. 어인실이 나보다 한 발 앞서가고 있음을 보았다 할까. 대화를 나눠 보니 그랬다. 뭔가 나는 기차 바퀴 하나가 빠져 있는 듯했다. 검정고시를 시작할 때 내 목표는 또래의 친구들이 고등학교를 졸업하기 전에 내가 먼저 그곳에 도달해 있는 것이었다. 하지만 어인실은 내가 갖고 있지 않은 한 장의 카드를 더 쥐고 있었다. 그것은 다름 아닌 무엇이 되겠다는 것!

모종의 모의

"나 없는 동안 잘 먹고 잘살았냐?"

역시나, 찬호는 찬호였다. 열흘 만에 학교에 나타나서는 넉살부터 부렸다.

"당근이지. 교실에 꼴통 부리는 놈이 사라지고 없으니까 그게 제일 좋더라. 네 자리에다 책가방을 올려놓을 수 있어 그것도 좋았고."

"지랄! 그러는 놈이 우리 집으로 매일같이 전화를 했냐."

"그건 인마, 예의 차원에서 그런 거다. 짝꿍이 학교를 안 나오는데 그럼 그 정도는 기본 아니냐?"

말은 그렇게 했지만 기분은 한없이 좋았다. 공장은 한 번 떠나면 그것으로 끝이지만 학교는 보이지 않는 끈이 존재했다. 그

예로 공장의 빈자리는 모집 공고를 통해 아무 때나 채울 수 있지만 찬호의 빈자리는 조금 달라 보였다. 어쩌면 졸업 때까지 영구로 남을지도 몰랐다.

찬호가 돌아오면서 어정쩡했던 도루 모임도 활력을 되찾았다.

"야, 찬호 구두 좀 봐라. 달빛에도 반들반들 때깔 죽여준다."

간만에 아지트에 모여 찬호를 건드린 건 나였다. 하루 백 켤레에 가까운 구두를 만지는 신용길도 후줄근한 운동화 차림인 반면, 두더지반에서 유일하게 찬호만 구두를 신고 다녔던 것이다.

"푸하하하. 이래서 재열이 넌 노는 물이 얕다는 거다."

"말꼬리 돌리지 말고 빨랑 대답이나 해 인마. 구두를 신고 다니는 이유가 뭐냐니까?"

"그게 말이지, 진짜 있는 놈은 절대 가오 안 잡는다. 어물전 꼴뚜기들이 설치지. 그렇지 용길아?"

"그러니까 네 말은, 용길이는 진짜 오리지럴이고 넌 짜가라는 거네."

"그게 그렇게 되냐? 그랬다면 내가 말을 잘못한 것 같다."

쯧쯧. 비유를 하려면 제대로 할 것이지 자신의 도끼날로 제발등을 찍다니……. 찬호의 설익은 비유에 우리는 폭소를 자아냈다.

"내가 구두를 안 신는 건 귀찮아서다. 운동화는 질질 끌고 다녀도 뭐랄 사람이 없지만 구두를 그렇게 신어 봐라. 아마 대번에 양아치 소리 들을걸."

"그건 용길이 말이 맞다. 운동화는 열흘에 한 번 빨아도 되지만 구두는 매일 닦아야 하거든. 그뿐이냐. 운동화는 물로 빨지만 구두는 약으로 닦아야 폼이 나잖냐."

용길의 훈수에 찬호가 되살아나고 있었다. 구두를 신어 보지 않아 뭐라고 말할 순 없어도 한 가지 사실만은 분명해 보였다. '빤다'와 '닦는다'의 어감이다. 걸레를 빠는 일보다 그 걸레로 닦는 일에 더 정성을 쏟지 않던가!

"다음 달에 우리 반 체육대회를 했으면 하는데 너희들 생각은 어떠냐?"

찬호의 폼생폼사로 한바탕 신나게 웃은 뒤였다. 마음먹은 김에 나는 머릿속으로 구상 중인 체육대회 계획을 털어놓았다.

"갑자기 웬 체육대회를?

맨 먼저 반응을 보인 사람은 영은이었다. 물론 다른 친구들도 모두 놀라는 눈치였다.

"이미 어느 정도 계획을 짜놓고 선포하는 것 같은데…… 맞냐?"

용길이었다. 누가 아니랄까 봐 녀석은 내 속을 빤히 들여다보고 있었다.

체육대회를 꿈꾼 건 용길이 유치장에서 풀려나던 날이었다. 담임을 뵈러 가는 길에 마주친 주간부 학생들의 농구하는 장면이 머릿속에서 떠나질 않았다. 은근히 배가 아픈가 하면 심히 부럽기도 했다. 야간부 학생들에게는 그런 기회조차 주어지지 않았던 것이다.

"반에서 우리가 제일 고참 아니냐. 그래서 오늘 한번 꺼내본 거다."

"아휴 기특해라. 난 무조건 찬성이다."

"나도 영은이와 같은 생각이지만, 그래도 학급 회의를 거치는 게 좋지 않을까?"

"방금 재열이 말 못 들었냐? 이번 일은 여기 모인 우리들이 한번 해보자는 거잖아."

"그렇다고 넌 짜증을 내니?"

"내가 언제?"

"말투가 그렇잖아."

송분헌과 찬호가 얽히면서 모양새가 좀 이상하게 되긴 했지만 그 결과는 나빠 보이지 않았다.

"재열이의 계획을 이대로 묻혀 버리기에는 너무 아깝지 않냐? 야간부만의 자존심도 있고."

"그럼 하는 걸로 하자. 체육대회 준비는 남자들 셋이서 할 테니 분헌이하고 영은이는 분위기만 띄워라."

쌍두마차 격으로 찬호와 용길이가 힘을 보태자 나로서는 천군마마를 얻은 기분이었다. 머릿속에 그림은 잔뜩 들어 있지만 두 친구의 도움이 없이는 불가능한 일이었다.

"다 좋은데 재열아. 체육대회를 빈손으로 할 순 없잖아. 운동장도 필요하고 돈도 좀 있어야 하고."

"학교는 봉천중학교를 빌릴 생각이고, 가능하면 그날 선생님들도 초대할 생각이다. 그리고 돈도 좀 필요한데, 우리는 반 친구들보다 조금 더 내면 어떨까?"

"얼마나 내면 되는데?"

"한 오천 원 정도? 체육대회를 마치면 식당에서 점심을 같이 먹을 생각이다."

"그럼 난 만 원 낼게. 돈은 이럴 때 쓰는 거야."

"너 지금 뻥치는 거 아니지?"

"뺑치면, 찬호 니가 대신 내주려고? 아니면 잠자코 있어라. 한 대 쥐어박기 전에."

집적대는 찬호를 닦아세우는 영은을 지켜보면서 나는 속으로 웃고 말았다. 가끔씩 싸가지를 부려 그렇지 영은처럼 호불호가 분명한 친구도 없었다. 반 친구들이 잠깐 등을 돌렸다가도 쉬이 마음을 여는 건 바로 영은의 진정성 때문이었다. 남자로 치면 영은은 상당한 의리파였다.

쇠뿔도 단김에 빼랬다고 다음날 나는 용길이와 봉천중학교를 찾아갔다. 운동장 대여는 말을 꺼내기 바쁘게 곧 해결되었다. 찾아온 용건을 설명하자 봉천중학교 교장은 더 필요한 게 있으면 언제든지 말하라며 흔쾌히 응해 주었다.

"생각보다 일이 너무 술술 풀리는 것 같지 않냐?"

체육대회에 필요한 운동 기구까지 부탁하고 교장실을 나올 때였다. 용길이가 휘휘 휘파람을 날리고 있었다.

"다음엔 뭐냐?"

"중국집."

교문 밖으로 나온 우린 중국집 물색에 나섰다.

1번으로 찾아간 청용각은 실내가 비좁은 게 흠이었고, 2번으로 찾아간 봉천반점은 가격대가 맞지 않았다. 얼굴에서부터 발끝까지 불어터진 면발을 보는 것 같은 여주인은 다른 손님도 받아야 한다며 짜장면 열 그릇 당 탕수육 한 접시를 요구했다. 유쾌한 기분을 잡치고 싶지 않아 우리는 예원반점으로 발길을 돌렸다. 첫눈에 봐도 예원반점은 깔끔한 게 마음에 들었다.

"대신에 우리 집은 미리 선금을 줘야 해."

"선금을요? 얼마나요?"

"오십 명이면 만 원짜리 한 장은 걸어야 하지 않을까."

예상치 못한 선금 이야기에 난처해진 나는 가볍게 입술을 깨물었다. 하루걸러 주유소에서도 짜장면을 배달시켜 먹지만 선금보다는 외상이 먼저였던 것이다. 달이 차면 갚는.

"이렇게 하면 안 될까요. 지금은 돈이 없으니까 모레까지 드리는 걸로."

내 제안에 주인도 흥이 나는지 풀었던 앞치마를 다시 둘러맸다.

"잠깐만 앉아 있어요. 이것도 계약인데 우리 집 짜장면 맛은 보고 가야지."

호탕한 여주인의 성미에 용길이와 난 서로를 바라보며 웃었다. 그리고 정확이 5분 만에 나온 예원반점 짜장면은 기똥차게 맛있었다. 채 3분도 안 되어 우리는 짜장면 한 그릇을 말끔히 비웠다.

학교로 돌아온 우리는 주간반이 사용하는 빈 교실로 도루들을 불러 모았다. 먼저 용길이가 조금 전에 다녀온 두 곳에 대해 보고를 마치자 박수가 터졌다.

"그러면 나도 가만있을 수 없지. 자, 용길아. 이걸로 중국집 선금부터 걸어."

영은이 자신의 동복 호주머니에서 만 원짜리를 꺼내 용길에게 내밀었다. 순간 우리는 입이 쩍 벌어진 채 벙어리가 되고 말았다. 용길에게 건넨 돈을 찬호가 잠시 낚아채 지폐에 쪽! 입맞춤을 하지 않았다면 입이 얼어 버렸을지도 모를 일이었다. 그만큼 우리에게 만 원은 짜장면 오십 명 분의 선금을 걸 정도로 거금에 속했다.

"오늘 중으로 학급 회의를 열 수 있을까? 체육대회 소식도 알릴 겸 미리 준비할 것도 있고."

이번에는 내 차례였다. 앞으로 2주 후면 시간이 별로 없었다. 당일 운동 기구는 해결이 됐지만 응원 도구는 우리가 직접 마련해야 했다. 그리고 체육대회 날 반 전원을 참석시키려면 하루라도 빨리 알려 주는 게 좋았다. 휴일에도 일하는 친구들이 있었다.

"지금 몇 시지?"

"수업 15분 전."

"오늘 첫 교시는?"

"영어."

"그럼 난 교무실에 잠깐 다녀올게."

"담임한테는 아직 비밀로 해야 한다?"

내 말에 송분헌이 고개를 끄덕이며 교무실로 달려갔다.

두더지반 체육대회

체육대회를 나흘 앞둔 수요일 오후. 나는 송분헌과 함께 담임 선생님을 찾아갔다.

"재열이가 사고를 크게 쳤구나."

그동안의 진행 과정을 들려주자 담임은 헛기침을 한 뒤, 머리카락을 쓸어 넘겼다. 무언가를 전달하거나 생각에 잠길 때, 담임만이 취하는 제스처였다.

"야간부 교직원들한테는 내가 잘 전하마."

"고맙습니다, 선생님."

"고맙긴 녀석아. 너만 믿고 따라갈 테니 남은 준비도 잘하길 바란다. 필요한 게 있으면 나한테 알려 주고."

"그럼 선생님, 한 가지만 부탁드려도 될까요?"

"말해 보거라."

"토요일 수업을 체육대회 예행연습으로 대신했으면 합니다."

"그래? 알았다. 교장 선생님과 상의한 뒤 조회 때 알려 주마."

담임 선생님과 이야기를 마친 후 교무실을 나설 때였다. 출근을 하는지 심수하 선생님이 교무실 현관에서 실내화로 갈아신고 있었다. 아, 바라만 보아도 기분이 좋아지는 사람! 일주일에 두 시간밖에 볼 수 없다는 것이 아쉬울 따름이었다. 왜 그런 말도 있지 않던가. 꽃 중에서 가장 아름다운 꽃은 미소라고.

"선생님 안녕하세요? 선생님께 잠깐 드릴 말씀이 있습니다."

"나한테?"

"네. 이번 주 일요일 날 시간을 좀 내주실 수 있나 해서요."

"무슨 좋은 일이라도 있는 거니?"

"그럴 일이 좀 있습니다."

"한데 어쩌지, 재열아. 그날 선생님 친구가 결혼을 해서 말이야. 요즘 한창 결혼 시즌이잖니."

맥이 좀 풀리긴 했지만 그렇다고 심수하 선생님에게 체육대회를 발설할 수는 없었다. 방금 눈짓으로 송분헌을 입막음시킨 것도 실은 그래서였다. 모든 일에는 순서가 있게 마련, 서울에서 배운 게 있다면 주로 그런 것들이었다. 담임 선생님의 지시가 있기까지는 절대 함구할 생각이었다.

오늘도 교실은 온통 축제 분위기였다.

교무실에서 돌아오자 반 친구들은 각자 준비한 반짝이 수술로 응원 연습이 한창이었다. 아마도 다른 학교였다면 중간고사를 앞두고 엄두조차 못 낼 일이었다. 졸업장보다는 검정고시 합격증이 더 절실한 고등공민학교만의 특수성이기도 했다.

이번 행사에 불편한 시선을 보내오는 사람들도 있었다. 교직원 회의를 통해 알았는지 1, 2학년 담임들이 대놓고 시기를 했다. 3학년만 체육대회를 하는 게 어딨느냐며.

"저 꼰대 좀 심한 거 아냐. 수업 시간 내내 투덜투덜 재만 뿌려대고 있잖아!"

찬호의 표정이 벌에 쏘인 것처럼 잔뜩 부어 있었다. 물론 나도 기분이 썩 좋지는 않았다. 수업은 뒷전인 채 2학년 담임은 사돈이 땅을 사서 배가 아픈지 체육대회 날 2학년들도 참석시키겠다며 법석을 떨었다.

종례 시간이 다 되어서였다. 참으로 보기 드문 일이 생겼다. 심수하 선생님이 교실로 들어서자 다들 꿀 먹은 벙어리가 되고 말았다.

"종례 시간에 내가 들어와서 놀랐니? 너희들한테 잠깐 할 얘기가 있어 대신 들어온 거니까 인사는 받은 걸로 하겠다."

반장을 자리에 앉힌 심수하 선생님이 다시 말을 이었다.

"박재열 잠깐 일어나 볼래?"

아닌 밤중에 홍두깨처럼 나타난 심수하 선생님이 나를 불러 세웠다. 잠깐 술렁였던 교실이 삽시에 조용해졌다.

"오는 일요일에 체육대회 한다며?"

"네. 선생님."

"그랬으면 아까 교무실에서 만났을 때 알려 줄 것이지 왜 두 번 걸음 하게 만드니?"

"죄송합니다, 선생님."

나로서는 변명의 여지가 없었다. 어찌되었든 간에 심수하 선생님한테 말하지 못한 건 사실이 아닌가.

"그날 나도 참석하고 싶은데 너무 늦은 건 아니지?"

"정말이세요, 선생님? 그날 결혼식장에 가신다고 하셨잖아요."

"일정은 그렇지만 어쩌겠니. 이번 체육대회가 너희들한테는 처음이자 마지막이 될 수도 있는걸."

1, 2학년 담임들의 여파였을까. 심수하 선생님의 방금 발언은 코끝을 찡하게 했다.

"그럼 선생님한테 다시 부탁을 드리겠습니다. 체육대회 날 저희들이 교가를 부를 건데, 선생님께서 꼭 지휘를 해 주셨으면 합니다."

"너희들 교가 부를 줄 아니?"

"며칠 전부터 연습하고 있습니다."

"맞아요, 선생님. 저희들 얼마나 열심히 연습하고 있는데요."

심수하 선생님과 앙숙인 이영은이었다. 영은의 말에 교실은 또 한 번 후끈 달아올랐다. 다들 한목소리로 '꼭 그렇게 해 달라.'며 심수하 선생님의 발목을 붙들고 늘어졌다.

"그렇지 않아도 교무 회의 시간에 교장 선생님의 칭찬이 자자했었다. 야간에 공부하는 너희들한테 많이 미안해하셨고. 아무튼 선생님이 정말 부끄럽구나. 얼마나 불러 보고 싶었으면 그런 부탁을……."

순간 교실은 슬픈 천국의 감동을 보는 듯했다. 언제 어디서 터질지 모를 야간부 학생들의 눈물샘을 심수하 선생님이 자극한 탓이었다. 선생님의 한마디, 한마디에 오늘 종례 시간은 눈물바다로 변하고 말았다.

주유소 일을 마치기 바쁘게 달려왔는데도 봉천중학교 운동장엔 친구들이 여럿 보였다. 마음이 급해진 나는 운동장에서 놀고 있는 주변인들부터 물리쳤다. 그 일을 도와준 사람은 수위 아저씨였다. 교장의 어명을 받은 수위 아저씨가 대장처럼 앞장을 서자 못마땅한 표정으로 버티던 사람들도 금세 꼬리를 내렸다.

교복과 사복, 그 차이는 뭘까? 집단과 개인? 구속과 자유? 처음엔 그 자유들이 왠지 좀 낯설고 어색해 보였다. 두더지반 전체가 사복을 입고 나타난 건 오늘이 처음이었던 것이다. 하지만 자유는 자유였다. 지난번 학급 회의를 통해 임시로 선출한 우리들의 행동대장 찬호가 예행연습을 알리는 신호탄을 쏘아 올리자, 20명씩 두 줄로 선 자유의 함성이 운동장을 순식간에 가득 메웠다. 덩달아 가을하늘도 각종 시험에 매이고 출석에 매이고 성적 순위에 매인 우리들의 갑갑한 속을 뻥 뚫어 주었다.

"사복 입고 모이니까 더 좋지 않니?"

"그러게 영은아. 너무 좋아서 하늘을 날 것 같다."

이영은의 선창에 조옥선이 후렴으로 맞장구를 쳤다.

"헌데 우리 정호는 어째서 아무 말이 없을까?"

"그냥. 누나. 좀 얼떨떨해서. 우리 반 전체가 운동장에 모인 건 입학하고 처음이잖아."

"어유, 그랬어? 그런 의미에서 이 누나가 우리 정호 긴장 풀리라고 뽀뽀해 줄까?"

호호호, 깔깔깔…… 한번 달아오른 분위기는 이처럼 식을 줄을 몰랐다. 예행연습이 진행되면 진행될수록 다들 소풍을 떠나온 것처럼 보였다. 빙글거리며 웃다가 킬킬거리며 웃다가 마침내는 배를 움켜쥔 채 운동장 바닥에 풀썩 주저앉았다.

"이렇게 아름다운 시간을 두 시간 만에 끝낸다는 게 말이 되니. 그러지 말고 찬호야, 우리 조금만 더 놀다 가자. 응?"

두 시간에 걸쳐 진행된 예행연습을 모두 마친 뒤였다. 내일 오전 열 시에 이곳에서 다시 만나자는 찬호의 말에 조옥선이 어린아이처럼 떼를 쓰고 있었다.

"그러면 우리 이렇게 하자. 반 운영비를 오늘 쓰는 걸로."

찬호를 대신해 나선 건 부반장 송분헌이었다. 찬호가 제아무리 난다 긴다 해도 남학생 한 명이 삼십 명에 가까운 여학생들을 상대하기란 무리였다.

"돈은 가져왔니?"

"혹시나 몰라서 가져오긴 했어. 아마 짜장면 한 그릇씩은 먹을 수 있을 거야."

"역시. 우리 반 부반장이 최고야!"

결정에 가까운 송분헌의 제안에 조옥선이 자신의 엄지손가락을 치켜세워 회심의 동의를 표할 때였다. 여학생들의 환호 소리가 어찌나 따가운지 옆에 있던 남학생들이 두 귀를 틀어막는 시늉을 해 보였다.

"재열아, 잠깐만. 중국집에 지금 가도 될까? 우리 반 수만도 사십 명이 넘잖니."

신이 난 여학생들이 우르르 화장실로 몰려간 뒤였다. 송분헌이 나를 쳐다보았다.

"주말이라 붐빌 수도 있겠지만 일단 한번 가 보자. 우리 반 자리 만드는 건 용길이와 내가 어떻게든 해 볼게."

"그럼 먼저 가 있을래? 나는 여학생들 오면 곧 뒤따라갈게."

"그게 좋겠다."

남학생들과 떼 지어 예원반점으로 몰려가는 길, 힘이 불끈 났다. 방금 피어난 웃음도 더불어 동행을 해 주었다.

교실이 아닌 또 다른 공간. 42명의 시선이 잠시 일직선에서 벗어나 서로가 서로를 바라볼 수 있는 공간. 어제까지만 해도 우리는 지정된 장소에서 짜여진 시간표에 따라, 5교시 수업을 마치면 그것으로 끝이었다. 하루살이 노예들처럼. 하지만 오늘은 여러모로 달랐다. 특히 조옥선의 경우는 새로운 발견이었다. 교실에서는 별로 말이 없던 애가 밖으로 나오자 물 만난 물고기처럼 자신의 재치를 마음껏 발휘했다. 찬호의 입을 잠시 빌리자면 조옥선은 한복보다는 양장을 입혔을 때 자신의 끼를 이백 퍼센트 발산할 수 있는 친구였다.

"오늘은 우리 반이 진짜 식구 같지 않니? 이렇게 다 모여서 밥을 먹어 본 적이 없었잖아."

주간부처럼 한 번도 점심시간을 가져 본 적이 없는 야간부. 친구들의 시선이 조옥선의 입에 쏠린 것도 아마 그 때문이었으리라. 조옥선의 방금 말은 한겨울에도 춥지 않을 서로의 따뜻함이 메시지처럼 담겨 있었다.

'달력의 빨간 숫자는 '고난주간(생리)'일 뿐이야!'

야간부 학생들이 내뱉는 말이었다. 국가가 지정한 휴일임에도 이를 지키지 않는 사업주들이 한둘 아니었다. 심지어 그들은 입사 때 합의한 '주간에는 일하고 야간에는 학교를 다닌다.'는 약속을 저버리고, 달력의 빨간 숫자만 골라 일을 시키는 못된 사람들도 있었다. 하지만 오늘은 중앙관상대의 일기 예보처럼 날씨가 너무 쾌청했다.

학교엔 아직 아무도 보이지 않았다. 수위 아저씨의 도움을 받아 나는 학교 물품들을 보관하는 창고로 향했다. 그곳에 네트, 로프, 배구공 등 체육대회에 사용할 운동 기구들이 있었다. 나는 그것들을 뒤따라 도착한 신용길과 함께 운동장으로 옮겼다.

"준비는 다했어?"

신용길에 이어 모습을 드러낸 두 번째 손님은 어인실이었다.

"보시다시피. 이제 체육대회 식순 점검만 하면 될 것 같다."

"그럼 용길이랑 이것부터 먹어. 샌드위치 좀 싸왔어."

"고맙다, 인실아. 배고픈 고학생을 알아주는 건 너밖에 없구나."

자신이 무슨 달변가라도 되는 줄 아는 모양이었다. 용길의 허풍에 웃음보가 터질 뻔했다. 그러는 사이 어인실은 여분의 샌드위치를 챙겨 수위실로 향하고 있었다.

"재열이 넌 복 터진 줄 알아라. 솔직히 우리 같았으면 수위 아저씨 생각이나 했겠냐. 인실이는 저래서 우리와 급수가 다른 거다. 척이면 착이잖아."

"너도 별수 없구나. 이깟 쓰키다시에 홀라당 넘어가는 걸 보면."

용길이와 킥킥대며 인실이가 싸온 샌드위치를 거의 비워갈 즘이었다. 갑자기 귀에 칼끝이 꽂히는 것 같았다.

"이런 싸가지들? 치사하다, 치사해! 자리가 하나 비었는데도 샌드위치가 목구멍으로 넘어가든?"

뒤늦게 도착한 찬호였다. 이마에 잔뜩 뻰데기 주름을 잡은 채 찬호가 씩씩대고 있었다.

"미안하다, 찬호야. 용길이 이 새끼가 아침부터 오두방정을 떠는 바람에 깜빡 잊고 있었다."

하지만 찬호는 내 말을 듣는 둥 마는 둥 제 할 일을 하는 중이었다. 남은 두 조각의 샌드위치를 단숨에 집어삼킨 그는 침을 떽떽 뱉으며, 수위실에서 우리 쪽으로 걸어오고 있는 어인실을 겨냥했다.

"이 샌드위치 니가 싸왔냐?"

"왜? 맛없어?"

"아니. 너무 맛있어서 감동할 지경이다. 근데 인실아. 다음번부터는 양 좀 양씬 늘려서 싸오면 안 되겠냐?"

"알았어. 생각해 볼게."

잘코사니! 내심 숨을 죽인 채 두 사람의 대화를 지켜보던 나는 웃음을 꾹 참았다. 어인실이 방금 나무 토막처럼 대응했기에 망정이지 그렇지 않았다면 찬호에게 휘말려 들 수도 있었다. 찬호는 그렇듯 상대방이 자신보다 더 세게 나오면 꼬리를 내리는 경향이 있었다.

9시 30분을 넘어서자 운동장은 사람들로 가득 찼다. 1, 2학년 야간부 학생들도 보였다. 어림잡아 70명은 돼 보였다. 마지막 손님으로 담임과 교장 선생님이 도착하자 나는 앞으로 걸어 나가 체육대회를 진행하였다.

식순에 따라 먼저 교장 선생님의 개회사가 있은 뒤였다. 축사를 하기 위해 담임 선생님이 운동장에 마련한 의자에서 일어나자, 뜨거운 박수갈채와 함께 긴장감이 흘렀다.

"나는 오늘 봉천고등공민학교 3학년 야간부 담임을 맡은 데 대해 너무 기쁘고, 또 미안한 마음을 금할 길이 없습니다. 좀더 좋은 나라, 좀더 좋은 시대에 태어났다면 여러분들도 낮에 공부하고 밤에는 가족들과 오순도순 지냈을 텐데, 여러분들에게 그와 같은 환경을 만들어 주지 못해 뭐라고 할 말이 없습니다. 하지만 난 믿습니다. 세상일과 학업을 겸하고 있는 여러분들이 바로 그런 세상을 만들어 갈 주역임을. 오늘 이렇게 아무도 생각지 못한 자리를 준비한 여러분들에게 진심으로 감사와 고마운 마음을 전하면서, 영원히 잊지 못할 추억의 시간을 펼쳐 보였으면 합니다."

짝짝짝…… 연이은 박수소리와 함께 운동장은 감동과 숙연함으로 출렁였다. 그리고 나는 담임의 축사를 들으면서 신용길의 문제로 법률사무소를 방문했던 때를 잠시 떠올렸다. 조 검사가 멋있고 법률사무소를 하는 친구 분의 성격이 쾌활했다면, 우리 담임 선생님은 어떤 울림을 갖고 있었다.

낮에는 낫 갈아 들판에 서자
밤에는 손에 손에 책을 펴들고
그 속에서 닦고 익힌 진리의 등불
온 세상에 바치자 두루 비치자
일하자 배우자 봉천의 건아야
봉천은 우리 자랑 근면의 샘터

심수하 선생님의 지휘에 맞춰 교가를 합창할 때였다. 칠십여 명의 학생들과 마주 보고 서 있으려니 지금 누가 울고 누가 울지 않는지를 한눈에 알 수 있었다. 그러나, 울지 않는 사람은 단 한 명도 없었다. 1, 2학년 후배들까지 교가를 따라 부르며 눈물을 흘리고 있었다. 내 앞에서 등을 돌린 자세로 지휘를 하고 있는 심수하 선생님도 예외는 아니었다. 길가에 핀 한 송이 코스모스처럼 선생님의 뒷모습도 가녀리게 떨고 있었다.

피구, 줄돌리기, 교사 업고 달리기, 줄다리기, 계주 등 순으로 진행된 체육대회를 모두 마친 뒤였다. 도루들을 한자리에 불러 모은 담임이 점퍼 주머니에서 봉투를 하나 꺼내 주었다.

"이건 우리 학교 교직원들이 십시일반 한 것이니 1, 2학년생들과 함께 점심을 먹도록 해라. 그리고 여기 참석한 교사들은 신경 쓰지 않아도 된다. 교장 선생님께서 따로 식당을 잡아 놨으니……."

비록 담임 선생님과 자리를 같이 하려고 했던 계획은 무산되고 말았지만 그 분위기만큼은 최고였다. '짧고 굵게'라는 말이 귀에 쏙쏙 들어왔다. 두 시간에 걸쳐 진행된 체육대회를 통해 우리 모두는 진정한 행복을 누렸던 것이다.

그런가 하면 예원반점 아주머니는 애초 40명 예약이 60명으로 불어났다 하자 싱글벙글, 좋아서 어쩔 줄을 몰랐다. 이렇게 많은 수의 손님을 한꺼번에 맞은 건 개업 8년 만에 처음 있는 일이라며 덤으로 군만두와 탕수육을 무려 열다섯 접시나 내놓았다.

나는 노을 너는 불놀이

하늘은 높고 말은 살찐다는 천고마비. 독서하기 좋은 계절이라며 어인실이 《노인과 바다》를 놓고 갔지만, 눈에 잘 들어오지 않았다. 체육대회 준비를 한답시고 빼먹은 주유소 일이 가장 큰 이유였다. 동수 형한테 4시간, 기대 형한테는 8시간을 갚아야 했다.

두 형과의 타협도 뜻대로 잘 되지 않았다. 동수 형의 4시간은 그렇다 쳐도 기대 형의 8시간은 덩치가 너무 커보였다.

"너 지금 그걸 말이라고 씨부리냐? 이 형이 통으로 줬으면 너도 화끈하게 통으로 갚아야지, 사내새끼가 쫀쫀하게 2회 분할이 뭐냐, 인마!"

분할 카드를 꺼낸 게 잘못이었다. 내가 생각해 보아도 이야기를 아니 꺼낸 것만 못했다.

"그러면 형도 이번 주 토요일 날 맘껏 제끼세요. 내가 그날 통으로 맡을 테니."

"너 그거, 정말이지? 나중에 딴소리하기 없기다? 아니지. 그럼 학교는 어떡할 건데?"

"뭐 있겠어요. 화끈하게 제껴야지."

"어쭈! 너 많이 까졌다. 이제 맞장 칠 줄도 알고."

체육대회가 열렸던 지난 일요일은 사실 기대 형이 쉬는 날이었다. 나는 그 점이 고마웠다. 그날 형도 까이를 만나기로 했다가 나 때문에 파토가 난 것이다.

토요일 주유는 온몸이 먹먹한 상태였다. 새벽 4시에 일을 시작해 저녁 8시경 마치고 나자 머리가 깨질 것 같았다. 장시간 맡은 석유 냄새 때문이었다. 라면 국물에 뜬 기름기마저 오일처럼 느껴져 겨우 면발만 건져 먹었을 뿐이다.

다른 날보다 몸을 더 박박 씻은 뒤 타월로 훔칠 때였다. 세면장 밖에서 나를 찾는 동수 형 목소리에 나는 신경질적으로 반응했다.

"무슨 일인데 형? 나 이제 씻고 잘 거야."

오늘은 모든 게 귀찮았다.

"잠은 나중에 자고 손님부터 받아라. 학교 친구들 같은데 여학생만 둘이다."

여학생이라는 말에 나는 허겁지겁 옷부터 꿰입었다. 젖은 몸을 타월로 대충 훔친 탓인지 한바탕 쇼가 벌어졌다. 이건 몸이 옷을 입는 게 아니라 옷이 몸에 맞도록 끼워 넣고 있었다.

"방금 저 오빠한테 이야기 들었어. 조금 전까지 일했다며?"

샤워를 마치고 밖으로 나오자 영은과 분헌이가 기다리고 있었다. 그사이 동수 형이 영은에게 무슨 말을 한 모양이었다.

"용길이와 찬호는?"

"오늘은 그냥 우리 둘만 왔다. 너한테 잠깐 전해줄 게 있어서."

영은의 말에 나는 더 이상 끼어들고 싶지 않았다. 오늘은 그만큼 내 몸이 지칠 대로 지쳐 있었다.

"체육대회 하는 날 선생님들이 돈을 너무 많이 주시는 바람에 우리 반 회비가 그대로 남았잖니. 그 돈으로 준비한 거니까 기쁘게 받아 줬으면 해."

그러면서 송분헌이 선물 꾸러미를 내밀었다. 엉거주춤 그걸 받아든 나는 눈물이 핑 돌았다.

"그럼 우린 갈게. 푹 쉬고, 월요일 날 학교에서 보자."

이영은과 송분헌이 바람처럼 왔다 바람처럼 사라진 뒤였다.

기숙사로 들어온 나는 종이 가방에 담긴 선물 꾸러미를 풀었다. 베이지색 스웨터 속에 편지도 한 통 들어 있었다. 송분헌이 두더지반을 대표해 쓴 거였다.

두 장의 편지를 다 읽은 뒤였다. 남자와 여자는 무엇이 다르고, 어떻게 다른지, 그 점이 궁금해졌다. 편지 속에 다음과 같은 질문이 들어 있었다.

'재열아, 너는 어느 계절을 제일 좋아하니? 그리고 하루 중에서 특별히 좋아하는 시간은 어느 때니?'

남자들한테는 조금 낯간지러운 메시지일 수도 있겠지만, 한 통의 편지 속에는 여러 색상이 존재하는 듯했다. 혼자서 피식 웃다가도 괜히 설레어지는가 하면, 이름 모를 꽃과 대화를 나눌 때처럼 나라는 존재를 한없이 순한 양으로 만들어 놓았다. 사람들에게 착해지는 시간이 있다면 바로 지금의 시간이 아닐까 싶었다.

한참을 생각에 잠겼던 나는 기숙사 벽에 걸린 시계를 보았다. 9시 40분. 어인실에게 전화를 걸기에는 너무 늦은 시간이었다. 통화를 할 수 있다면 나도 어인실에게 하나만 물어보고 싶었다. 너는 하루 중에서 어느 시간을 가장 좋아하느냐고.

새벽 주유를 마친 뒤, 시간을 한 번 더 확인한 나는 버스 정류장으로 향했다. 타고 온 버스가 신림여중 앞에서 정차하자 한 달 전 기억들이 어렴풋이 되살아났다. 그때와 다른 점은 성당 주변이 너무 조용하다는 거였다.

미사가 이미 시작된 성당 안은 숨조차 제대로 쉴 수 없었다. 오른손 손바닥으로 왼쪽 가슴께를 한 번 꾹 누른 나는 맨 뒷자리에 앉아 어인실을 찾았다. 하지만 여자들 대부분이 등을 돌린 채 미사포를 쓰고 있어 일이 쉽지만은 않았다.

오십대 초반으로 보이는 웬 여자가 다가와 눈인사를 하더니 두 권의 책을 주었다. 제법 두툼한 분량의 성서와 교과서 두께의 성가집이었다. 내 안에서 어떤 동요가 일기 시작한 건 방금 전해 받은 두 권의 책과 함께였다. 성서에 기록된 말씀을 찾아 읽고, 성가집을 펼쳐 두 곡의 노래를 부르고 나자 이상하리만치 내 안이 경건해졌다.

알렐루야. 알렐루야. 여기 모인 우리는 주를 찬미한다는 기도송을 끝으로 미사가 끝나갈 무렵이었다. 밖에서 어인실을 기다리려고 했던 나는 누군가의 손에 붙들리고 말았다.

"우리 성당에 처음 온 것 같은데……?"

미사 중에 성서와 성가집을 건네준 아주머니였다. 아주머니가 불쑥 내 옆구리를 비집고 들어왔다. 하지만 난 입을 열지 못했다. 저번에 한 번 왔었다고 말을 하려는 순간 오히려 그것이 부담감으로 작용했다. 내 목적은 성당이 아니라 인실이였던 것이다.

예상치 못한 일이 발생한 건 잠시 후였다. 미사를 마치고 밖으로 나가는 사람들 속에 인실이가 보이지 않았다. 모두 어른들 뿐이었다.

"학생들은 여기서 미사를 안 보나요?"

마음이 급해진 나는 아주머니를 붙들었다. 미사를 통해 잠깐 경건해졌던 몸과 마음이 돌처럼 굳어졌다.

"그래서 내가 미사 중에 학생을 지켜봤던 거야. 여긴 일반인들이 미사를 보는 곳이고 학생관은 따로 있어.

"그곳이 어딘가요?"

"누구, 아는 사람을 찾아온 거야?"

"네. 어인실이라고, 학교 친굽니다."

"안젤라를?"

이제야 서로의 궁금증이 풀린 걸까. 나보다도 아주머니가 더 기뻐하는 눈치였다. 함박웃음을 지어 보인 채 아주머니는 이곳에서 꼼짝 말고 기다리라며 자신이 직접 어인실을 찾아 나섰다.

성당을 나온 우리는 버스를 타고 대방역으로 향했다.

"하나만 말해 주면 안 돼. 최종 목적지가 어딘지만."

"바다."

"바다? 어떤 바다?"

"오후 여섯 시경부터 영화가 시작되는 바다."

"인천에 그런 바다가 있어?"

"응. 있어. 오후 여섯 시경 영화를 시작해 7시경에 끝나는."

"그 영화를 직접 봤단 말이지?"

"응. 공장에서 일할 때……."

나로서는 그 점이 늘 못내 아쉬웠다. 신길동에서 봉천동으로 옮겨온 뒤로 나도 오늘이 처음이었던 것이다.

대방역을 떠난 전철이 제물포역에 도착한 건 오후 1시경이었다. 전철을 타고 올 때 미리 오늘의 메뉴를 오므라이스로 정한 터라 시간은 별로 오래 걸리지 않았다. 분식집에서 나온 우리는 최종 목적지로 떠날 버스를 다시 기다렸다.

"정말 신기하긴 하다. 책에서만 봤던 제물포가 이렇게 가까운 곳에 있었다니……! 그거 알아, 재열아. 지금의 인천이 예전엔 제물포였다는 거?"

인실은 이처럼 대방역에서 전철로 갈아탈 때와 전혀 다른 이미지였다. 불안해하던 모습과 달리 미지의 세계로 여행을 떠나온 궁금증 많은 한 소녀를 보는 것 같았다. 한시도 시선을 가만 두지 못했다. 반면에 나는 제물포를 속히 벗어나고 싶었다. 김밥 말듯 대충 얼버무려 첫 번째 위기를 모면하긴 했지만, 만약 인실이 제물포에 대해 또 물어 온다면 그때는 더 큰 수모를 당할 수도 있었다. 제물포가 인천의 옛 이름이었다는 사실을 방금 인실을 통해 알았던 것이다.

우리가 탄 버스는 소래포구를 향해 달리고 있었다.

두 해 전이었다. 나에게 소래포구를 알려 준 사람은 가방 공장에서 함께 일한 아줌마였다. 아이를 못 낳는다는 이유로 시집에서 쫓겨났을 때, 인천에 사는 초등학교 친구와 소래포구를 가 본 적 있다며 당시의 추억을 잊을 만하면 들려주었다.

서울역에 가려져 잘 보이지 않는 서부역처럼, 월미도에 가려져 사람들의 발길이 뜸한 소래포구. 버스에서 내린 나는 협궤열차가 다니는 철로변 쪽으로 걸음을 옮겼다.

"오늘 너 때문에 신기한 것들을 참 많이 보는 것 같아. 고마워, 재열아. 내 눈을 풍요롭게 해 줘서."

인실이가 그렇다면 나로서도 천만다행이었다. 사실 우리가 자리를 잡은 곳은 소래포구에서 지대가 좀 높다는 것 말고는 내세울 게 별로 없었던 것이다. 황무지라면 황무지일 수도 있었다.

“나도 하나 물어볼 게 있는데. 너는 하루 중에서 어느 때가 가장 좋아?”

“글쎄. 학교에서 돌아와 나만의 시간이 주어졌을 때? 일기도 쓰고, 책도 읽고.”

“그리고 또 없어?”

“음, 엄마를 생각할 때? 우리 엄마를 생각하면 나도 모르게 마음이 따뜻해져.”

이래서 남자 친구와 여자 친구는 서로 다른 걸까? 송분헌이 편지에서 나에게 던졌던 질문을 내가 다시 용길이나 찬호에게 묻는다면 둘은 과연 어떤 반응을 보일까? 흐흐, 싱겁다며 이상한 소리를 내거나 비웃어버리진 않을까? 어젯밤 잠을 설친 것도, 인실이와 꼭 소래포구를 가야겠다고 마음을 먹은 것도 사실은 그 편지 때문이었다. 너는 네 계절 중에서 봄을 좋아해, 가을을 좋아해? 아님 눈 내리는 겨울? 너는 한국 영화를 좋아해, 외국 영화를 좋아해? 너는 밥을 좋아해, 면을 좋아해? 면 중에서는 어떤 면을 좋아해? 부드러운 면? 아님 쫄깃한 면? 아참, 그리고 넌 사람을 볼 때 어디를 제일 먼저 봐? 눈? 코? 이마? 이처럼 질문은 귀찮기도 하지만 새로운 발견을 의미하기도 했다.

학교 공부 역시 끊임없는 질문 속에 그 답이 있는 것처럼. 그리고 나는 이러한 과정을 거친 뒤라야 우리가 보다 더 높은 하늘과 더 넓은 바다를 볼 수 있을 거라고 확신했다. 질문은 곧 상대를 향한 관심의 징표이니까.

"영화는 언제 시작해?"

"음, 삼십 분 후쯤?"

"그걸 어떻게 알아?"

"하늘을 보면 알지."

초등학교 4학년 때였다. 반에서 서기를 맡았던 나는 학급 회의 때면 매번 칭찬을 들었다. 학급 회의에서 나온 반 친구들의 안건을 잘 간추려 적었다며. 그런 어느 날이었다. 담임 선생님은 나에게 호랑나비 애벌레를 관찰해 보라며 투명한 아크릴로 만든 실험관을 선물로 주었다. 하지만 호랑나비 애벌레는 생각보다 징그러운 구석이 있었다. 집게손가락 크기에 몸집마저 두툼해 꼭 뱀을 만지는 기분이었다. 거기에다 녀석은 레이저 광선을 쏘아 댈 때처럼 붉은 눈을 가지고 있어 섬뜩할 때가 한두 번이 아니었다.

그보다 더 큰 걱정은 방과 후 하교 시간이었다. 호랑나비 애벌레를 관찰한 뒤로 나는 한 번도 제시간에 맞춰 귀가한 적이 없었다. 그때마다 아버지는 쇠꼴을 베 오지 않는다며 주구장창 날을 세웠는데, 심한 날은 밥을 굶기거나 폭력을 가할 때도 있었다. 노을이 내 눈에 들어오기 시작한 건 바로 그즈음이었다. 호랑나비 애벌레의 성장 과정을 매일 자로 재고, 날씨에 따라 꿈틀거림이 조금씩 달라지는 동작의 차이를 관찰지에 기록하고 나면 어느덧 오후 다섯 시. 하굣길 내 유일한 벗은 노을뿐이었다. 학교에서 집까지의 시오리 길이 온통 붉은 노을밭으로 물들어 갔다.

오래전 그때처럼 소래포구에도 한 편의 영화가 시작을 알리고 있었다.

그대는 지는 꽃을 보았는가? 그리고 그대는 지는 꽃에 마음을 빼앗겨 본 적이 있는가? 소래포구를 빨갛게 물들인 장엄한 노을은 점차 다홍빛으로 변해 갔다. 어느 한 춤꾼이 마지막 무대에서 절정의 춤을 추는 것 같았다. 잠시 후 다홍빛은 채색을 조금 낮춰 주홍빛으로 되살아났고, 그것은 마치 한 번도 보지 못한 비밀의 세상을 몰래 훔쳐보는 것 같았다. 저리도 곱고 눈부실 줄이야! 강한 것만이 전부는 아니었다. 주홍에서 주황으로 몸을 바꾼 노을빛은 화덕에 핀 한 장의 연탄불처럼 노랑에서 파랑으로, 파랑에서 진보라로 누군가와 대화를 나누듯 물들어 가는 중이었다.

절정을 향해 치닫는 한 편의 '하늘 영화'처럼 호랑나비 애벌레를 3개월 동안 관찰해 도교육감상을 받은 날이었다. 상장을 갈기갈기 찢어 버리는 아버지를 지켜보면서 움켜쥔 주먹을 부르르 떨었다. 더는 견딜 수 없어 집을 뛰쳐나온 나는 마을 뒷산을 향해 미친 듯이 내달렸다. 심장이 터지도록 뛰지 않으면 죽을 것만 같은, 노을과 함께 엉엉 울어 보기는 그날이 처음이었다.

"이제 갈까?"

영화가 끝났으므로 이제 돌아가야 할 시간이었다. 서쪽 하늘은 어느새 잿빛으로 변해 가고 있었다.

"잠깐만, 재열아! 너에게 꼭 들려주고 싶은 시가 있어."

파트타임 일을 하면서 습관처럼 몸에 밴, 손목시계의 시간을 확인할 때였다. 옆에서 지켜보고 있던 인실이가 자신의 손바닥으로 내 손목시계를 덮어 버렸다. 순간! 뒤에서 누군가 내 눈을 가렸을 때처럼 잠시 정지된 상태에서 인실의 목소리가 들려왔다.

'아 날이 저문다. 서편 하늘에 외로운 강물 우에 스러져가는 분홍빛 노을…… 아아 춤을 춘다. 시뻘건

불덩이가 춤을 춘다. 저 불길로 이 가슴과 이 설움을 살라 버릴까. 숨 막히는 불꽃의 고통 속에서라도 더욱 뜨거운 삶을 살고 싶다고…….'

주요한의 〈불놀이〉를 따라 협궤 열차가 소래포구에서 수원 방향으로 아스라이 자취를 감춘 뒤였다. 나는 어인실의 손을 꼭 움켜쥐었다. 집을 떠나온 뒤로 한 가지 좋은 점이 있다면 귀가 시간이 따로 정해져 있지 않다는 것이다. 실컷 잠을 자고, 실컷 돈을 쓰고, 실컷 맛있는 것을 먹을 수는 없어도 오늘처럼 실컷 노을을 볼 수 있다는 것만으로도 나는 웃을 수 있었다.

빠삐용 날다

"이거 너무하는 것 아냐? 실업계들 때문에 우린 완전 찬밥 신세잖아!"

교실의 공기가 심상치 않았다. 11월로 접어들면서 갑자기 늘어난 수학 과목 수업 일수가 문제였다. 전체 수험생 중 실업계 고등학교 지원자 수가 80퍼센트를 차지하다 보니, 인문계 진학 예정자들로서는 당연히 소외감을 느낄 수밖에 없었다. 실업계 고등학교 입학시험을 앞두고 학교 수업이 균형을 잃어 갔던 것이다.

3교시 때였다. 이를 감지한 수학 선생님이 잠시 교재를 덮은 채 대칭과 비대칭에 대한 이야기를 들려주었다.

"생물 시간에 들어 봤는지 모르겠지만, 남성의 고환은 대개 왼쪽보다 오른쪽 것이 더 낮게 쳐져 있다. 이것을 우리는 비대칭이라고 하는데, 물론 그렇다고 해서 비대칭이 대칭의 반대말은 아니다. 남성들의 고환에서 알 수 있듯이 대칭과 비대칭은 서로 동일한 모양을 지녔기 때문이다."

남성의 고환을 예로 들어 여기까지 설명한 뒤였다. 인문계 고등학교 진학 예정자들을 염두에 둔 듯 수학 선생님은 사랑과 우정도 대칭과 비대칭의 만남이라며 이야기를 계속해 이어갔다.

"너희들의 영원한 로망인 우정과 사랑. 하지만 이 둘을 수학으로 해결하는 건 불가능하다. 어제는 웃었다가 오늘은 울 수도 있는 게 사랑과 우정의 섭리라고 할까. 그러니까 너희들도 자신에게 불이익이 좀 생겼다고 해서 2더하기 3처럼 단순 셈법을 사용하지 않았으면 좋겠다. 사랑과 우정을 보다 아름답게 꽃피우기 위해서는 먼저 상대방을 인정하고, 이해하려는 노력이 필요할 테니까."

잠깐 교실 안이 숙연해지긴 했지만 나는 선생님의 그 다음 말이 더 좋았다. 저마다 다른 인생처럼 수학도 어떤 답을 구하기 위한 하나의 과정에 불과하다는.

"생긴 게 별로여서 아줌마 꼰대로만 봤더니 저런 면도 있었네. 왜 그런 거 있잖아. 상대를 얕잡아 봤다가 저런 이야기 몇 토막 듣고 나면 45도 고개가 70도로 꺾이는."

수학 선생님이 교실을 빠져나간 뒤 찬호가 보인 반응이었다. 워낙에 빈말을 못하는 성미라 옆에서 히죽대고 있는데 녀석이 내 등을 떠밀었다.

"화장실 가자. 수학 꼰대 말이 정말인지 아닌지 한번 재 봐야 할 것 아냐."

"뭘 재 본다는 건데?"

"뭐긴 뭐냐. 쌍방울이지."

"너 그거 정말 모르고 있었냐?"

"그러는 너는 뭐, 알고 있는 것처럼 말한다."

나 참! 어이가 없어서. 찬호의 무식에 나는 한 번 더 웃어 주었다.

"너 지금 날 비웃냐?"

"한심해서 그런다 인마. 주유소 사무실에 널린 게 잡진데 그럼 그것도 모르겠냐. 난 됐으니까, 너나 가서 실컷 확인하고 와라."

"에이 씨, 김샜다! 너는 도대체 짝꿍이라는 놈이 수학 꼰대의 우정론을 어디로 들었냐?"

방귀 뀐 놈이 성낸다더니 찬호가 꼭 그 짝이었다. 수학 선생까지 끌어들여 버럭 성을 내자 교실에 남아 있던 친구들이 일제히 우리를 쏘아보았다.

"야, 종돈아. 너도 찬호처럼 모르고 있었냐?"

위기는 곧 기회라고 했던가. 똑같은 방법으로 나도 종돈이를 끌어들여 반격에 나섰다.

"쪽팔리게 정말 이럴 거야? 여학생들도 있잖아 새꺄!"

"쌍방울 땜에 벌어진 일이니까 쌍방울로 풀어야 하지 않겠냐. 어른들도 술 마시면 다음날 해장술로 풀잖아."

카운트다운을 알리듯 내 입에서 약간 높은 음조의 '쌍방울'이 튀어나왔을 때였다. 반격의 낌새를 알아챈 찬호가 내 팔을 낚아채듯 끌어당겼다.

"내가 졌다. 내가 졌으니까, 그만하자."

"정말이지?"

"내가 언제 한입 갖고 두 말하든."

자신도 무안했던지 찬호가 뒤도 돌아보지 않은 채 교실을 뛰쳐나가고 있었다. 4교시 수업 준비를 위해 가방에서 사회 교과서를 꺼내던 나는 대칭과 비대칭을 한 번 더 곱씹어 보았다. 수학 선생님은 이 둘의 사이가 동일하다고 했지만 내 생각은 좀 달랐다.

어른들 중에 열에 아홉은 이렇게 말하곤 한다. 열 손가락 깨물어 안 아픈 손가락이 어딨겠냐고. 과연 그럴까? 공장에서 지낼 때 우연히 첫째와 둘째가 싸우는 걸 지켜본 적 있었다. 누가 보더라도 그 싸움은 첫째가 둘째를 단 몇 분 만에, 그것도 만신창이가 되도록 때려눕힌 일방적인 싸움이었다. 그러나 뒤늦게 달려온 엄마의 반응은 의문 투성이였다. 대번에 엄마는, 저놈이 형한테 맞을 짓을 했다며 둘째 아들의 사정 따위는 들으려조차 하지 않았다. 나는 그런 어른들이 싫고 그런 세상이 못마땅했다. 내가 보기에 열 손가락 깨물어 더 아픈 장남은 대칭이고, 덜 아픈 차남은 비대칭이었다.

학교에서 돌아오자 동수 형 시간에 기대 형이 주유를 하고 있었다. 종종 있는 일이긴 하지만 분위기가 영 썰렁해 보였다.

"동수 형은요?"

"형은 무슨 얼어 죽을 형이냐! 양아치 같은 새끼가 주유한 돈 갖고 튀었다."

"설마, 형. 동수 형이 정말 그랬단 말이야?"

나는 믿어지지 않았다. 그쪽 방면이라면 차라리 성격으로 보나 말발로 보나 기대 형이 더 어울려 보였던 것이다.

"아니면 내가 이 시간에 이 짓을 하고 있겠냐. 잔말 말고 사무실부터 들어가 봐라. 사장이 아까부터 너를 눈 빠지게 기다리더라."

책가방을 손에 든 채 나는 사무실 문을 열고 들어갔다. 한데 이 무슨 말도 안 되는 시추에이션이란 말인가.

"너는 학교를 다녀 두 놈보다는 솔직할 거라고 믿는다. 그러니까 동수 연락처를 알고 있으면 바른대로 대라."

이렇듯 사장은 나를 보자마자 동수 형과 내가 사전에 짜고 벌인 것처럼 몰아붙였다.

"정말 모르는데요."

"이 새끼가 이거……. 학생이라고 봐주려 했더니 영 못쓰겠네. 너 말이지, 내가 조사해서 거짓으로 들통 나면 그땐 내 손에 죽는다?"

그건 내가 할 소리였다. 역지사지로 방금 내가 한 말들이 사실로 드러난다면 사장은 어쩔 텐가. 보상이라도 해 줄 텐가? 동수 형 개인이 튄 걸 가지고 세트로 몰아붙이는 사장의 행티에 나는 뿔딱지가 났다.

그리고 무엇보다 파트타임은 이런 일이 발생하면 죽을 맛이었다. 좀팽이 사장한테 욕을 얻어먹은 것도 시원찮은 판에 자정까지 주유를 하려니 속이 부글부글 끓어올랐다. 마음 같아서는 주유기를 내던지고 동수 형처럼 조용히 사라지고 싶었다.

며칠 뒤 나는 용길이가 일하는 곳으로 찾아갔다. 주유소를 그만두려니 학교가 걸렸다.

"주유소에서 나오는 게 좋을 것 같긴 하다. 사장도 별로 좋은 놈 같지는 않아 보이고. 한 번 의심을 품게 되면 나중에 진짜 독박을 쓸 수도 있거든."

그보다 먼저 나는 새로 들어온 주유원들이 마음에 들지 않았다.

이런 좆같은 데서 더 이상 일 못 해 먹겠다며 기대 형마저 떠난 뒤였다. 주유 시간을 건드린 건 오토바이에다 쌍절권을 신고 나타난 택민이 형이었다. 다짜고짜 그는 '새판 짜기'를 한다며 내 주유 시간을 새벽 4시부터 아침 7시, 정오부터 오후 3시 반까지로 바꿔 버렸다.

"그 새끼 면상이나 한번 봤으면 좋겠다. 보나마나 오토바이 타고 다니는 놈이면 허파에 바람만 잔뜩 들었겠지만."

마치 한 방 먹일 것처럼 말을 뱉은 용길이 담배를 피워 물었다. 낮에만 문을 열어 두는 은행 건물 옥상은 이런 점에서 좋았다. 용길이가 담배를 피우더라도 따로 망을 볼 필요가 없었다. 은행 건물 옥상은 용길이의 유일한 아지트였던 것이다.

"다른 일자리 한번 알아볼까?"

"일이 어떻게 될지 몰라 일단 신길동으로 전화는 때려 놨다."

"학꼴 그만두려고?"

"그럴 생각이다. 학교를 다니기에는 주유소가 더 좋지만 공장처럼 집중이 잘 안 되는 것도 사실이다."

그걸 일장일단이라고 하던가. 남녀가 한 식구처럼 지내는 공장 기숙사와 달리 주유소 기숙사는 내 집이라는 생각이 들지 않았다. 수시로 낯선 바람이 드나들었다. 사정이 그렇다 보니 대입검정고시를 준비하기 위해 학원에서 구입한 교재에 먼지만 쌓여 갈 뿐이었다.

"나도 좀 불안하긴 하다. 고등학교에 입학만 하면 뭐하냐. 지금보다 돈이 훨씬 더 많이 들어갈 텐데……."

"정 딸리면 신길동으로 놀러 와라. 니 용돈은 대 줄 수 있다."

"지금 누굴 약올리냐?"

"진짜라니까. 학원도 안 다닐 건데 돈 쓸 데가 어딨겠냐."

"그래도 싫다, 임마. 공장 일이 보통 쎄냐."

용길의 말처럼 나도 입사 때 잔뜩 긴장을 했었다. 하지만 공장 일은 생각보다 단순한 편이었다. 한 과목만 잘하면 만사가 오케이였다. 미싱사 옆에 붙어서 쪽가위로 실밥만 부지런히 따면 밥도 주고 월급도 주었다. 뿐만 아니라 신길동 가방 공장은 작업 시간에도 라디오를 켜 놓아 시간 가는 줄 몰랐다.

노래만큼이나 나를 흥미롭게 한 건 다름 아닌 영화였다. 지난번 우신극장에서 관람한 〈사운드 오브 뮤직〉이 가슴을 설레게 했다면, 이번 영화는 내 심장을 달궈 놓았다.

'그는 왜, 다른 죄수들처럼 순종하지 못하고 끊임없이 몸부림을 치는 걸까?'

탈옥에 실패하면 다시 준비해서 시도하고 또 시도하고……. 이처럼 그는 한순간도 자신의 몸부림을 멈추지 않았다. 흐르는 시간 따위는 아무래도 상관없었다. 탈옥하다 붙잡혀 독방에 갇히면 다시금 자신과 싸우는, 필시 그건 탈옥이 아니라 새로운 도전이었다. 발전은 일정한 시간이 흐르면 기술과 함께 따라올 수 있지만 도전은 조금 달랐던 것이다. 자기 자신과 싸울 줄 아는 사람에게만 부여되는 신의 선물이었다고 할까. 적어도 내 눈에는 그렇게 보였다. 포기를 하는 순간 도전도 끝이 나고 마는 것이다.

신용길을 처음 보았을 때다. 나는 그가 스티브 맥퀸을 닮았다고 생각했었다. 샌드백에 다져진 권투 선수의 주먹처럼 용길의 첫인상이 무척 강해 보였다. 미국의 배우 스티브 맥퀸에게 필(feel)이 꽂힌 건 영화 〈빠삐용〉을 통해서였다. 어제 본 영화를 다음날 또 보러 갈 정도로 나는 그에게 흠뻑 매료되고 말았다. 문제는 공장 동료들의 반응이었다. 같은 영화를 또 보러 간다고 하자 그들은 나를 '똘아이'라며 놀려 댔다. 그리고 이 점은 검정고시를 준비할 때와 크게 다르지 않았다. 공돌이 주제에 제발 꼴값 좀 떨지 말라며 내 뺨따귀를 후려친 동료도 있었다. 하지만 이미 시작된 질주를 멈출 수가 없었다. 자신이 모르고 있는 영역의 세계를 알아가는 것처럼 흥미로운 사건이 또 있을까? 휴일을 맞아 공장 동료들과 외국 영화를 관람할 때였다. 함께 간 동료들은 자막 읽는 게 귀찮다며 짜증을 냈지만 오히려 난 그 반대였다. 학원 교재로 공부하는 나에게 외국 영화는 영어 공부에 적잖은 도움을 주었다. 공부가 뭐, 별건가. 자신감만 잃지 않으면 누구나 할 수 있었다.

살인죄 누명을 쓰고 외딴섬 감옥에 갇힌 빠삐용. 내 귀에 제일 먼저 들려온 그의 첫마디는 'I'm going to be fine.' 괜찮을 거라는 이 짧은 한 줄의 문장을 주문처럼 외며 빠삐용은 탈옥의

꿈을 버리지 않았다.

"빠삐용보다 나는 드가(더스틴 호프만)가 더 멋있더라. 드가가 옆에 없었다면 빠삐용이 계속해 탈옥을 시도할 수 있었을까?"

"My thoughts are with you."

"무슨 뜻이냐?"

"위조 지폐범 드가가 빠삐용을 향해 던진 말. 나의 마음은 너와 함께 있다."

"참 대단하다. 그런 걸 다 기억하고 있다니."

내가 기억하고 있는 빠삐용의 대사는 그뿐만이 아니었다. 마지막 탈옥 장면에서 그는 세상을 향해 보다 통쾌한 죽빵을 날렸던 것이다. 더불어 이 장면은 야구 경기에서 도루와도 유사한 점이 많았다.

'Hey, you bastards, I'm still here!(야, 이놈들아, 난 아직 살아 있다!)'

반전은 계속되었다. 영화관에서 나오자 빠삐용의 자문자답이 과제로 남았다. 너무 억울하고 원통한 나머지 빠삐용이 하늘에 대고 물었다.

'도대체 내 죄가 무엇이요?'

그러자 하늘에서 다음과 같은 답을 내비쳤다.

'진정 모르겠느냐? 그것은 인간이면 누구라도 저지를 수 있는 최악의 죄, 시간을 허비한 죄다.'

제대로 한 방 해머로 얻어맞은 기분이었다. 세상에 그런 죄가 성립될 수 있다는 것이. 눈으로 보이는 유형의 죄에는 돌을 던질 수 있지만 눈에 잘 보이지 않는 무형의 죄에는 차마 그럴 수가 없었다.

"어인실한테도 말했냐?"

"아직 못했다."

"봉천동을 뜨려고 마음먹었으면 미리 알려 주는 게 좋지 않을까? 너 간다고 하면 아마 울지도 모르겠다."

순간 나는 용길의 마지막 말이 마음에 걸렸다. 지금 내 앞에서 울고 있는 것보다 더 따끔하게 느껴졌다.

잠시 흐렸다 맑아진 하루

새벽 4시로 맞춰 둔 탁상시계의 자명종이 울렸을 때다. 새 파트너로 들어온 두 형은 짜증부터 냈다. 쫓기듯 옷을 걸쳐 입고 기숙사 방을 나오는데 기대 형이 그리웠다. 빈말이라도 기대 형은 이렇게 말했던 것이다. 새벽부터 고생이 많다고.

주유 중에도 나는 떠날 생각만 했다. 처음부터 분위기가 이랬다면 또 모를까, 두 형이 떠난 뒤로는 일할 맛이 나지 않았다. 그리고 주유 시간이 바뀌면서 잠도 토막토막 자야 했다. 이를 견디다 못해 한날 사장에게 사정을 해 봤지만 별 소용이 없었다. 시간 배분은 택민이 형과 상의하라며 귀찮다는 듯이 손을 내저었다.

오늘은 잠깐 다녀올 곳이 있어 알람을 오전 10시로 맞춰 놓은 나는 자리를 털고 일어났다. 토막 잠은 자도 자는 것 같지가 않았다.

"너 지금 어디 가는데?"

주유소 마당 구석에 세워진 자전거를 끌고 나가려던 참이었다. 택민이 형이 나를 불러 세웠다.

"서점에요."

"서점에는 왜?"

"그런 것까지 일일이 다 말해야 합니까?"

일부러 나는 인상을 잔뜩 찌푸린 채 맞받아쳤다. 일하는 시간도 같고 월급도 똑같이 받는 주제에 팀장이랍시고 거들먹거리는 꼬락서니가 갈수록 못마땅했다.

"이 새끼가 건방지게 어디서 눈을 부라려?"

택민이 형이 자전거 핸들을 붙든 채 서 있는 내 앞으로 바싹 다가왔다. 씨바 나도 여기서 한 번만 더 건드리면 가만 안 있을 생각이었다.

"너 지금 나랑 맞장이라도 까겠다는 거야? 가소로우니까 조용히 사라져라."

"시비는 형이 먼저 건 것 아니었습니까?"

"내가 언제 새끼야!"

"방금 그랬잖아요. 서점에 간다고 하니까 꼬나보면서."

"이게 정말? 일해야 되니까 빨랑 꺼져 새끼야!"

마침 승용차 한 대가 주유소로 들어오고 있었다. 나는 자전거의 페달을 더욱 거칠게 밟았다. 세상에는 기분 좋게 이별해야 할 사람이 있는가 하면, 아주 더럽게 꼭 밟아 주고 떠나야 할 놈도 있었다.

서점에서 직접 책을 사는 건 머리털 나고 처음이었다. 검정고시에 필요한 교재도 학원을 통해 구입했던 것이다. 서울대학교 인근 상록서점은 눈을 어디에 둬야 할지 모를 정도로 다양한 분야의 책들로 넘쳐났다. 서점에 꽂혀 있는 책의 제목만 다 읽어도 족히 반나절은 걸릴 것 같았다.

각종 소설들이 모여 있는 코너에서는 울적했던 마음이 환하게 열리는 것을 느낄 수 있었다. 어인실의 마음을 아프게 했던 《제인 에어》와 나에게 책 읽는 맛을 알려 준 《주홍글씨》를 서점에서 다시 만날 거라고는 생각조차 못했다. 얼마나 반갑고 신기했으면 비명을 지를 뻔했겠는가. 애써 거울을 보지 않아도 지금의 내 표정을 알 수 있었다.

들뜬 기분을 잠시 가라앉힌 나는 책 고르기에 들어갔다.

《데미안》과 《개선문》을 지나, 나와 눈이 맞은 책은 《첫사랑》이었다. 이반 투르게네프의 《첫사랑》은 제목도 마음에 들뿐 아니라, 별 생각 없이 펼쳐 본 몇 줄의 글이 내 시선을 잡아끌었다.

그 문장은 이렇게 시작되었다.

'나는 벌써 오래 전부터 그녀를 알고 있은 것만 같이 느껴졌다. 그리고 그때까지는 아무것도 몰랐고, 또 나 자신의 생활도 없었던 것으로만 느껴졌다.'

어떻게 보면 이것도 좋지 못한 습관 탓일 수도 있었다. 나는 그것이 노래든 영화든 책이든, 내 마음을 빨아들이지 못하면 탐탁지 않게 여겼다. 누군가를 좋아하는 것과 누군가에게 끌린다는 것은 조금 다른 차원의 문제가 아닐까? 나에게는 스티브 맥퀸이 바로 그런 인물이었다. 스티브 맥퀸은 보면 볼수록 끌리는 맛이 있었다.

"이 책, 한 권만 더 주세요."

"같은 책을 두 권이나 사려고?"

《첫사랑》을 두 권 사겠다고 하자 서점 주인이 반신반의하는 눈으로 나를 쳐다보았다.

그제서야 나는

"네."

짤막하게 대답했다.

잠깐만 기다리라며 남자 주인이 서점에 딸린 방 쪽으로 사라진 뒤였다. 나는 시간부터 확인했다. 주유 시간이 바뀐 뒤로 이렇듯 모든 것이 엉망진창이 돼 버렸다.

"가까운 사람한테 선물하려나 보지?"

"네."

책을 한 권 더 들고 나타난 서점 주인은 이런 말도 해 주었다.

"아마 이 책을 받는 사람도 기분이 무척 좋을 거야. 수많은 선물 중에서 책을 선물한다는 것은 곧 자신의 마음을 선물하는 거잖아."

거기까지는 알 수 없더라도 같은 책을 두 권 살 때 이 생각은 했었다. 인실이가 신림동에서 《첫사랑》을 읽고 있을 때 나도 신길동에서 같은 속도로 읽고 싶다는. 밤하늘에 돋아난 별들은 세상 어느 곳에서 보더라도 똑같은 모습을 하고 있지 않던가. 그 때문인지 오늘은 주유소로 돌아가는 발길이 바람처럼 가벼웠다. 두 바퀴로 굴러가는 자전거도 신이 났던지 훨훨 춤을 추었다.

'마음이 떠났다'는 어른들의 말을 이해할 수 있을 것 같았다. 며칠 전부터 주유소를 벗어나는 일이 꼭 지옥에서 벗어나는 것 같았다. 당연히 내 천국은 학교였다. 하루 스물네 시간 중에 학교에서 보내는 시간은 다섯 시간에 불과하지만, 교실이 있고 선생님이 있고 교복을 입은 친구들이 모여 있다는 것만으로도 나에게는 큰 위안이 되었다.

교실에 책가방을 놓고 갈까하다 곧장 교무실로 향했다. 이제 더는 시간을 미룰 수가 없었다.

"선생님께 드릴 말씀이 있습니다."

"책가방까지 들고 찾아온 걸 보니 급한 일인가 보구나."

"네."

"그럼 이야기부터 들어 보자."

"사실은, 학교를 다니지 못할 것 같습니다."

"그게 무슨 소리냐, 재열아? 무슨 일이라도 생긴 거야?"

"그게 아니라, 사실은……."

미리 예상을 못했던 건 아니나 담임의 충격이 생각보다 커보였다. 그새 수심이 가득해 보였다.

하려던 이야기를 잠시 중단한 나는 순서를 바꿔 앞으로의 계획부터 말씀드렸다. 학교를 왜 그만두는지에 대한 설명이 필요해 보였다. 물론 그 핵심은 '혼자 공부'하기였다.

"그럼 나도 부탁 하나만 하자. 될 수 있으면 친구들과 함께 졸업을 했으면 좋겠구나. 물론 잘 알고 있다. 고등공민학교 졸업장이 너희들의 앞날에 별다른 힘이 되어주지 못하리라는 것을. 하지만 난, 너희들이 3년 동안 공부보다 더 큰 것을 배웠으리라고 믿는다. 또한 그것이 고등공민학교가 우리 사회에 존재하는 이유이기도 하고. 학교에서 교과서 공부만 가르친다면 어떻게 그걸 교육의 현장이라고 말할 수 있겠느냐."

담임 선생님의 이야기를 듣고 나니 참으로 난감했다. 입이 얼어붙어 의자에서 일어나기조차 힘들었다.

아무런 결론도 내리지 못한 채 자리에서 일어날 때였다. 두 사람의 이야기를 듣고 있었던지 심수하 선생님이 놀란 표정으로 다가왔다. 선생님이 나를 데려간 곳은 교무실 칸막이실이었다.

"학교를 그만둔다는 게 사실이니?"

"네."

"네 성격에 갑자기 그랬을 것 같지는 않고, 언제부터 그런 마음을 가졌던 거니?"

"두 달쯤 됐습니다. 체육대회를 마치면 떠날 생각이었고요."

마음이 조급했던 건 사실이다. 지난 4월에 치러진 고입검정고시 발표 이후 대입검정고시 준비를 전혀 못하고 있었던 것이다.

"그랬었구나! 네 마음을 충분히 알았으니 남은 기간 동안이라도 친구들과 잘 지냈으면 한다. 그리고 이건 선생님이 미리 말해 주는 건데, 그동안 지켜본 재열이는 두 개의 장점을 가지고 있었다. 하나는 주변을 한곳으로 끌어 모을 줄 아는 리더십이고, 또 하나는 예능의 감수성이다. 이 점에 대해 한 번 더 깊이 생각해 보고 자신에게 가장 잘 맞는 길을 선택했으면 좋겠다. 선생님과 지속적으로 관계를 유지하는 것도 한 방법일 수 있겠고. 재열이가 손을 내민다면 선생님은 언제든 잡아 주마."

야단을 칠 줄 알았던 선생님으로부터 이렇듯 뜻밖의 선물을 받게 될 줄이야……! 나로서는 한없는 영광이었다. 나의 적성에 대해, 그리고 내 미래에 대해 이와 같은 이야기를 들려줄 수 있는 사람이 과연 몇이나 되겠는가? 아마 학교가 아니었다면 어림도 없었다.

친구들 눈을 피해 책을 받고, 그 책을 다시 되돌려 주는 일. 바보처럼 우리도 정말 용기가 없어 그랬던 걸까? 한편으로 이런 생각도 들었다. 사랑은 본시 그 태생이 골목이었을지도 모른다는. 그러지 않고서야 학교에서 직장에서 무엇 때문에 서로 쉬쉬하며 사랑을 하겠는가. 광장으로 뛰쳐나가지.

"지금 웃는 거야?"

"그냥. 웃음이 나와서."

웃으면서 나는 소래포구를 생각했다. 그날 우리도 아무도 없는 곳에서 몰래 손을 잡았던 것이다.

"잠깐 나갔다 오자. 배고프다."

"저녁 안 먹고 왔어?"

"먹을 시간 없었다."

말은 그렇게 둘러댔지만 야간부 학생들에게 오후 다섯 시는 좀 애매한 시간이었다. 수업을 마치는 아홉 시까지 버티려면 미리 저녁을 먹고 오는 게 맞지만 그게 마음처럼 잘 되지 않았다.

"이번 주에도 성당 올 거야? 성당에 오면 맛있는 것 사줄게."

학교 앞 가게에서 산 빵과 우유를 걸으면서 먹을 때였다. 걸음을 멈춘 인실이가 나를 쳐다보았다.

"돈가스 사 주려고?"

"돈가스 먹고 싶어?"

"먹고는 싶은데 이번 주는 어려울 것 같다. 오전엔 일해야 하고, 오후에는 잠깐 다녀올 곳이 있어."

"오후면 나도 시간이 되는데……."

"그래가지고 서울여상 붙겠냐. 이제 며칠 안 남았잖아."

"칫. 그러면 누가 모를 줄 아니. 데려가기 싫어서 그러는 거잖아."

그게 아니라고, 신길동에 다녀올 거라고 말하고 싶었지만 끝내 하지 못했다. 공장으로 다시 돌아간다고 해서 지금보다 더 행복해질 수 있을까? 꼭 그럴 것 같지는 않았다. 그럼에도 불구하고 신길동을 고집하는 데는 나름 이유가 있었다. 신길동 가방 공장에는 일과 후 스스로 생각하고, 스스로 질문하고, 스스로 답을 내리곤 했던 나만의 공부 비법이 숨어 있는 곳이었다. 특히 동료들이 모두 잠든 시각 작업용 전등을 켜 놓고 공부를 하면 집중력이 배로 늘어났다.

"그림 좋은걸. 누가 보면 오누이인 줄 알겠다야."

어인실처럼 서울여상 진학을 꿈꾸는 이정숙이었다. 등굣길에 우리를 발견한 그는 자신이 말해 놓고 자신이 까르르 웃고 있었다.

"말을 해도 넌 꼭 애늙은이처럼 하더라. 재열이 손에 들린 것 보면 모르겠니. 저녁을 안 먹고 왔다고 해서 잠깐 동행했을 뿐이다."

"재열이가 싫다는데도 인실이 네가 따라 나온 건 아니고?"

"아니거든. 그 반대거든."

"정말이니 재열아? 싫다는 인실이를 네가 억지로 데리고 나온 거야?"

두 사람이 친하다는 건 잘 알고 있었지만 덤터기까지 씌울 줄은 몰랐다. 더욱 얄미운 건 어인실의 그 다음 행동이었다. 한 발짝 뒤에 서 있는 나를 향해 혀를 샐쭉 내밀더니, 이정숙에게 찰싹 달라붙어 팔짱을 끼고 있었다. 졸지에 닭 쫓던 개 신세가 돼버린 나는 웃을 수도 울 수도 없었다.

어인실이 쪽지를 보내온 건 4교시 쉬는 시간 때였다. 몇 자

안 되는 글인데도 쪽지는 은근히 스릴이 있었다. 만일을 대비해 서로의 이름을 적어 넣지 않는다는 것도 쪽지만의 매력이었다.

'오늘은 내가 많이 밉지? 아까는 정말 미안했어. 그 벌로 수업 끝나면 신호등 앞에서 기다릴게.'

수업이 제대로 될 리 없었다. 이제 길어야 일주일. 서점에서 구입한 《첫사랑》을 아직 건네지 못한 것도 며칠 앞으로 다가온 어인실의 입학시험 때문이었다.

종례를 마친 어인실이 교실을 빠져나가고 있었다. 나는 그보다 오 분 늦게 교실에서 나왔다.

"생각보다 빨리 왔네. 우리 뭐 좀 먹으러 갈까? 주유소에 들어가도 먹을 것 없잖아."

"아니야, 됐어. 여기서 신림동까지 걸어가면 얼마나 걸리지?"

"이 시간에 거기까지? 그건 무리야. 재열이 너 돌아올 때 버스가 끊길 수도 있고."

"그럼 버스 타고 가자."

갑자기 추워진 날씨 탓인지 버스 안은 한산했다. 몇 안 되는 승객들이 몸을 잔뜩 웅크린 채 앉아 있었다. 오늘도 어인실은 중간쯤에 앉기를 원했지만 나는 손으로 뒷자리를 가리켰다. 교실이든 영화관이든 대중교통이든 가장 뒷좌석에 앉아야 마음이 놓였다.

“물어볼 게 있어. 갑자기 왜 주유소에 오지 말라고 한 거야?”

“분위기가 좀 그래. 기대 형과 동수 형도 얼마 전에 그만뒀고.”

비단 이것은 어인실에게만 그랬던 것은 아니다. 새판 짜기가 진행되면서 친구들을 주유소로 불러들이고 싶지 않았다.

인실이가 사는 서울대 교수 집은 자그만 뜰이 있는 2층 연립주택이었다. 가로등에 비친 집 안 풍경이 제법 멋스러워 보였다. 인실이는 1층에서 지낸다고 했다.

“그동안 너한테 얻어먹은 샌드위치 값이야.”

주유소로 돌아갈 막차 시간이 빠듯한 나는 가방에서 선물을 꺼내 인실에게 내밀었다. 한 권의 책과 한 권의 일기장을 선물로 준비하면서 여러 말들을 생각했지만 결국 나는 그놈의 샌드위치를 뛰어넘지 못한 채였다.

“그럼 뭐야. 이건 선물을 받은 게 아니라 빚을 돌려받은 거네?”

잠깐 그 사이로 고요가 흐르긴 했지만 인실은 곧 하늘을 향해 오르는 풍선처럼 되살아났다. 자신의 책가방을 오른손에서 왼

손으로 바꿔 들더니 와락, 내 팔짱을 꼈다.

"뒤늦게 편입한 너와 이렇게 가까워질 줄은 정말 꿈에도 생각 못했어. 나한테는 행운이었지 뭐. 너를 만난 뒤로 공부에 대한 자극도 생겨났고, 웃는 날도 더 많아졌으니까. 그리고 이렇게 선물까지 받았잖니."

실은 나도 어인실과 같은 마음이었다. 그렇지만 선물을 준 뒤로는 아무런 말도 나오지 않았다. 인실이가 팔짱을 끼고 있어 나로서는 그게 더 불안했다. 내 쪽에서 상대방을 몰래 훔쳐볼 때는 스릴도 있고 재미도 있지만, 반대로 상대방이 지금의 나를 훔쳐보고 있을 거라고 생각하니 등에서 오싹 식은땀이 날 지경이었다.

'시작이 있으면 끝도 있다'는 말. 참으로 절묘했다. 실업계 고등학교 입학시험이 끝나자 교실은 한 달 전 모습으로 다시 돌아갔다. 수업 시간도 딴생각 반, 놀자 반이었다. 이제 모든 시험이 끝난 셈이었다.

"들으면 기쁜 소식! 오늘도 4교시만 한대."

어디서 무슨 소리를 들었는지 조옥선이 4교시 단축 수업을 알릴 때였다. 와, 하는 함성과 함께 담임이 교실로 들어오고 있었다. 숨을 죽인 채 나는 용길이와 눈길을 주고받았다.

"사실은 오늘, 여러분들과 헤어져야 하는 친구가 있다. 비록 짧은 기간이긴 했지만 그래서 더욱 아쉬운 친구이기도 하다. 박재열? 앞으로 나와라."

담임의 부름에 나는, 나에게 집중되고 있는 친구들의 시선이 부담스러웠다. 그리고 약간 다리가 떨리기도 했다.

"그럼 잠시 시간을 줄 테니 재열이와 뜻 깊은 시간을 갖길 바란다. 마치면 재열이는 교무실로 오거라."

담임이 교실을 나간 뒤였다. 나는 편입하던 때를 떠올렸다. 꼭 8개월 만이었다.

"너희들과 끝까지 함께 하지 못해 정말 미안하다. 대신 그 벌로 너희들의 이름과 너희들의 얼굴을 잊지 않을게. 그리고 너희들도 느꼈을지 모르겠지만, 조회 때나 종례 때 담임 선생님은 우리에게 한 번도 너희들이라고 한 적이 없었다. 항상 여러분들이라고 하셨지. 학교를 다니면서 나는 그때가 가장 좋았던 것 같다."

여기까지 이야기를 마친 나는 교실 천장을 한번 올려다보았다. 담임 선생님에 대한 이야기를 꺼내 놓고 보니 눈시울이 뜨거워졌다. 별것 아닐 수도 있는, 그래서 나를 더욱 감동시켰던 여러분! 이 여러분의 소리를 듣고 있으면 괜히 가슴이 따뜻해졌다. 이제야 누군가 나를 사람 취급 해주는 것 같아서.

"며칠 전에 《노인과 바다》를 읽었다. 그 소설의 주인공처럼 너희들도 절대 포기하지 않았으면 좋겠다. 85일이 걸리든 850일이 걸리든 8,500일이 걸리든……. 그리고 찬호야. 여학생이 더 많은 교실에서 남학생들 기죽지 않도록 잘 지켜 줘서 정말 고맙다."

내 마지막 인사는 이렇게 끝이 났다. 그리고 잠시 후 자리에서 일어난 사람은 부반장 송분헌이었다. 나는 2분단에 앉아 있는 어인실을 바라보았다. 빠삐용 다음으로 질긴 노인(산티아고)을 나에게 소개시켜 준 사람은 헤밍웨이가 아니라 바로 어인실이었던 것이다.

"우리도 그동안 고마웠어, 재열아. 우리 반 모두는 아마 평생 너를 잊지 못할 거야. 우리들 가슴속에 체육대회라는 추억을 남겨 줬잖니. 그리고 이건 내 개인적인 부탁인데, 마지막으로 노래 한 곡 불러 주면 어떨까? 재열이 넌 우리 반의 가수였잖니."

말을 마친 후에도 송분헌이 자리에 앉지 않고 그대로 서 있자, 친구들의 성화가 이어졌다. 어서 노래를 부르라며 휘파람을 날리는 친구도 있었다. 나는 몸에 힘을 뺀 채 자세를 가다

듬었다.

그림자 벗을 삼아 걷는 길은
서산에 해가 지면 멈추지만
마음의 님을 따라 가고 있는 나의 길은
꿈으로 이어진 영원한 길
방랑자여 방랑자여 기타를 울려라
방랑자여 방랑자여 노래를 불러라
오늘은 비록 눈물 어린 혼자의 길이지만
먼 훗날에 우리 다시 만나리라

노래를 다 부른 뒤 친구들과 한 사람씩 작별 인사를 나누는 자리였다. 악수로 진행되던 작별 인사가 이영은의 차례에서 포옹으로 바뀌자, 나머지 친구들도 덩달아 포옹을 해 주었다. 하지만 어인실의 차례가 왔을 때는 얼굴이 화끈 달아올랐다. 그동안 손도 몇 번 잡아보고 팔짱도 껴 봤지만 가슴과 가슴을 맞댄 포옹은 전혀 생소한 느낌이었다. 뭉클하게 전해지는 그 떨림을 나는 사랑이라고 믿었다.

나는 아직 홈을 밟지 못했다

마지막 새벽 주유를 마치고 기숙사로 들어온 나는 끝내 눈물을 흘리고 말았다. 가방을 챙기기 위해 교복과 모자를 보는 순간, 더는 참을 수가 없었다. 지난 3월 교복을 맞췄을 때 제일 먼저 달려간 곳은 사진관이었다. 나도 이제 학생이 되었다고, 고향 친구들에게 자랑하고 싶었다. 그리고 며칠 뒤 현상한 사진을 찾아 우편으로 보냈다. 가장 늠름한 지금의 내 모습을 친구들에게 보여 주기 위해서였다.

가방을 챙겨 주유소에서 나오는 길이었다. 횡단보도 앞에 어인실이 서 있었다. 교복차림에 책가방을 든 채였다.

"이 시간에 학교 가려고? 아직 열두 시도 안 됐잖아."

어젯밤 헤어지면서 주유소를 떠나는 시간을 대략 알려 주긴 했었다. 그렇지만 설마, 어인실이 찾아올 줄은 몰랐다.

"짐이 그게 다야? 생각보다 많지 않네."

"저번 주 일요일 날 공장에 다녀왔었어. 그래서 그날 성당에 못 갔던 거고."

"난 그것도 모르고……. 대신 오늘 따라가면 안 돼? 한번 가 보고 싶어서 그래."

"한 군데 더 들러야 할 곳이 있는데. 용길이를 만나기로 해서……."

함께 가는 건 어렵지 않지만 나는 그 점이 마음에 걸렸다. 신용길은 자신이 일하는 곳을 다른 사람에게 보여 주는 걸 극도로 꺼렸다.

"미안하다, 용길아. 일이 그렇게 됐다."

용길을 보자마자 나는 걱정했던 부분부터 내비쳤다. 나도 남자지만 친구의 자존심을 구기고 싶지 않았다.

"아니야. 괜찮아. 어인실이라면 기꺼이 환영한다."

"고마워, 용길아. 불청객을 반갑게 맞아 줘서."

괜한 걱정을 한 걸까. 나보다 어인실을 더 반기는 용길을 보면서 나는 더 이상 덧붙일 말이 없었다.

"이제 정말 가는 거냐?"

"그러게……."

누가 먼저랄 것 없이 우리는 서로를 끌어안았다.

"잘 가라. 친구야!"

"고마웠다. 친구야!"

다음 주 토요일에, 신길동에서 보자는 이야기를 끝으로 포옹을 푼 뒤 버스 정류장으로 향할 때였다. 매일 봤던 친구를 내일부터 볼 수 없다는 사실에 발길이 무거웠다. 아마도 용길이와 다녔던 영일목욕탕이 제일 그리울 것 같았다.

"용길이랑 헤어질 때 기분이 어땠어? 굉장히 멋있어 보이던데……."

잘 나가다 웬 삼천포? 나는 어이가 없었다. 두 사람의 이별 장면이 멋있었다니, 이게 말이 될 소린가. 버스 안이라서 차마 소리를 지를 수도 없었다.

"혹시 뭘, 잘못 본 거 아냐?"

"아닌데. 정말 멋있게 보였다니까. 포옹을 나누는 두 사람의 우정도 더 진하게 느껴졌고. 여자들은 아무리 친한 사이라도 포옹을 하는 건 좀……."

그러면서 어인실은 알듯 모를 듯 미소를 지어 보였다. 속으로 나는 뭐 이런 애가 있나 싶었다. 버스에 오르면서부터 나는 웃음이 절반으로 줄어들었던 것이다.

"너랑 같이 졸업을 못 해 그게 좀 아쉽긴 하지만 나는 지금이 더 좋은걸. 우리 이제 친구들 눈치 안 보며 자유롭게 만날 수 있잖아."

어인실이 방금 웃음을 보인 게 바로 이거였던가? 같은 버스 안에서 서로 다른 생각을 하고 있었다니……! 하지만 난 곧 알게 되었다. 이별의 감상을 버려야 할 사람은 바로 나였음을. 한 페이지를 넘기면 그 다음 페이지가 열리듯 이별은 곧 새로운 시작을 의미했던 것이다. 그러니까 나는 봉천동에서 신길동으로 잠시 자리를 옮겨 왔을 뿐이었다.

'오, 신이시여. 이 어리석은 존재를 불쌍히 여겨주소서!'

버스가 신길동으로 접어들자 나는 가이드를 자처하고 나섰다. 저기 저곳은 돼지국밥이 기똥차게 맛있는 신풍시장, 저기 저 집은 신길동에서 옷이 제일 싸기로 소문난 그냥골라, 그리고 저기는 혼자 영화를 보기에 딱 좋은 우신극장……. 8개월 만에 다시 돌아온 신길동은 떠날 때 모습 그대로였다. 바뀐 게 하나 있다면 지금 내가 서 있는 포지션이었다. 2루에서 3루를 훔친 나는 이제 홈까지 한 베이스만 남겨 놓은 상태였다.

"이제 다 온 거야?"

"응. 여기서 내리면 돼."

우신극장을 지나온 버스가 도착한 곳은 가방 공장에서 멀지 않은 신길시장 앞이었다. 이제 이곳은 서울에서 내가 가장 잘 아는 나만의 나와바리로, 자신감에 부푼 나는 어인실과 함께 시장통 빵집을 향해 걸음을 재촉했다. 건물은 좀 허름해 보여도 그 집의 사라다 빵만큼은 따라올 가게가 없었다. 그리고 사라다 빵은 생김새가 샌드위치와 비슷해 한 입 베어 물면 아삭아삭, 군침이 절로 돌았다.

작가의 말

지금도 그렇지만, 나는 한 방을 가진 홈런 타자는 아닙니다. 1루에서 2루를 훔치고, 2루에서 다시 3루를 훔치는 도루가 내 몸에 딱 맞습니다. (참고로 도루는 스포츠 정신에 어긋나는 비루한 행위가 아님을 꼭 기억해 주었으면 합니다.)

애초 공부를 목적으로 편입한 게 아니었기 때문에 아득바득 수업에 매달릴 필요는 없었습니다. 중간역을 한참 지난 지점에서 도루를 감행하듯 뻥차를 얻어 타지 않았던가요. 난 그저, 이번 기회에 교복을 한번 꼭 입어 보고 싶었을 뿐입니다.

남들보다 20분 빠른 등교는 커다란 행운을 안겨 주었습니다. 아마도 그것은 첫사랑이었을 겁니다. 어인실은 내게 책을 권할 때마다 떡밥으로 샌드위치를 싸 왔는데, 나로서는 차마 그 유혹을 뿌리칠 수가 없었죠.

김기덕의 〈2시의 데이트〉 라디오도 피가 되고 살이 되어 주었습니다. 내 유식함의 팔 할을 김기덕의 〈2시의 데이트〉가 주유해 주었다고 할까요. 그러고 보니 빠삐용도 그냥 지나칠 수가 없네요. 스티브 맥퀸과 더스틴 호프먼이야말로 끝끝내 포기하지 말라는 질긴 메시지를 가슴에 콕 심어 주었으니까요.

청소년기를 거쳐 오는 과정에서 노래와 영화와 책이 없었다면 어떻게 되었을까? 정말 나는, 무사히 소외의 강을 건널 수 있었을까? 아마 모르긴 해도 무척 힘들었을 겁니다. 그 무렵 나는 서울에서 멋진 깡패가 되고 싶어 안달이었으니까요.

지금도 내 기도는 변함이 없습니다. 마음의 부자가 되는 것입니다. 누군가와 밤새워 이야기를 나눌 수 있는 그런 부자. 단 한 번의 만남으로도 서로가 그리워질 수 있는. 해서 나는 《운동장이 없는 학교》를 쓰면서 한없이 착해지고 싶었는지도 모릅니다. 진추하가 부른 〈One summer night〉처럼 말이죠.

노래와 영화와 책, 그리고 봉천고등공민학교에서 만난 친구들에게도 고마운 마음을 전해야 할 것 같습니다.

그럼, 안녕!

2014년 여름

박영희